Maria Di Canali wurde in Kroatien geboren und lebt heute in Deutschland. Als Künstlerin findet sie in der Malerei, Musik und vor allem im Schreiben ihren Ausdruck.

Ihre – bisher unveröffentlichten – Geschichten sind geprägt von ihren Reiseerlebnissen und kreativen Impulsen. Mit ihrem Debütroman „Schwarz oder Weiß" betritt sie die literarische Bühne und lädt ihre Leser und Leserinnen ein, in eine facettenreiche Welt voller Emotionen und Inspiration einzutauchen.

Impressum

© 2025 Maria Di Canali

Text: Maria Di Canali

Lektorat: Silke Schulze-Gattermann

Korrektorat: Britta Dubilier

Covergestaltung, Satz und Layout: Katrin Grimm * studio blend.de

ISBN: 978-3-8192-4812-2

Verlag: BoD · Books on Demand GmbH, Überseering 33,

22297 Hamburg, bod@bod.de

Druck: Libri Plureos GmbH, Friedensallee 273, 22763 Hamburg

Maria Di Canali

SCHWARZ

ODER

WEISS

Roman

INHALT

PROLOG

Ich erinnere mich an diese Autofahrten mit meiner Mutter, an das dumpfe Brummen des Motors und der Räder auf der Straße, das gleichmäßige Schaukeln des Wagens. Auf dem Rücksitz saß ich, klein und stumm, während die Welt draußen vorbeizog. Ich starrte aus dem Fenster, während meine Gedanken sich immer wieder um denselben Satz drehten: „Lieber Gott, ich möchte einfach nur sterben." Manchmal flüsterte ich ihn leise, manchmal wiederholte ich ihn unzählige Male in meinem Kopf, wie ein leises Mantra gegen die erdrückende Atmosphäre, als könnte er mich aus der Enge um mich herum erlösen. „Lieber Gott, ich möchte, dass mich jemand hört!" Doch niemand hörte mich.

Bis heute prägt mich diese Erinnerung wie ein Schatten, der nie ganz verblasst. Noch heute fühle ich, wie tief diese Momente in mir verwurzelt sind. Ein leiser Schmerz, der nie ganz vergeht. Manchmal spüre ich, wie er mich einholt, wie sich etwas in mir zusammenzieht, als müsste ich weinen – doch ich habe gelernt, meine Gefühle hinter einem Lächeln zu verbergen. Die längste Zeit in meinem Leben merkte es niemand, niemand fragte. Also schwieg ich.

Statt zu sprechen flüchtete ich mich in Bücher. In ihren Welten begegnete ich Helden, die mutig, unerschrocken und unbeirrbar für Gerechtigkeit eintraten. Während ich las, fühlte ich mich ihnen nahe und fand Trost bei ihnen. Sie gaben mir das Gefühl, nicht ganz so allein zu sein. Vielleicht kämpften sie auch ein wenig für mich.

Jetzt möchte sich all das Verborgene ausdrücken. Lange schon denke ich darüber nach, meine Geschichte aufzuschreiben.

I

AUF EINMAL KAM DER KRIEG

Meine Noten nehme ich mit

Es war wenige Tage nach meinem fünfzehnten Geburtstag, Anfang Oktober 1991. Ein paar Jungs aus dem Dorf kamen und riefen: „Ihr müsst schnell weg! Die Tschetniks sind einmarschiert und kommen auf uns zu." Die Grenze zu Montenegro und auch Bosnien und Herzegowina war nicht weit weg von uns, nur dreißig Kilometer etwa.

Wir hatten die Detonationen zwar schon den ganzen Morgen gehört, haben aber nicht glauben können, dass es doch so weit kommen würde. Und tatsächlich, als wir aus den Fenstern unseres Hauses übers Feld blickten, sahen wir, wie die Angreifer unser Tal mit Bomben und Granaten beschossen.[1]

1 Nach dem Ende des Kalten Krieges hatten mehrere Teilrepubliken Jugoslawiens begonnen, nach Unabhängigkeit zu streben. Damit zerfiel die Sozialistische Föderative Republik Jugoslawien, und es kam zu Jahre anhaltenden Jugoslawienkriegen. Kroatien erklärte am 25. Juni 1991 seine Unabhängigkeit von Jugoslawien, was von der serbisch dominierten jugoslawischen Regierung unter Slobodan Milošević nicht akzeptiert wurde.
In Kroatien lebte eine große serbische Minderheit (etwa 12 Prozent der Bevölkerung), die sich gegen die Unabhängigkeit wehrte. Serbische Milizen, unterstützt von der jugoslawischen Volksarmee (JNA), begannen, Gebiete in Kroatien zu besetzen. Auch paramilitärische serbische beziehungsweise serbisch-nationalistische Gruppen waren stark involviert, darunter sogenannte Tschetnik-Verbände, die sich auf die historische Tschetnik-Tradition oder -Ideologie beriefen und sie wiederbelebten. Sie alle unterstützten die Idee eines „Großserbiens" und waren an ethnischen Säuberungen, Massakern und Vertreibungen von Kroaten und Bosniaken beteiligt. Der Krieg, der in Kroatien tobte, dauerte bis 1995.

Es war unfassbar für uns und geradezu surreal, als wären wir plötzlich zu Statisten in einem Kriegsfilm geworden. Ich schaute wie erstarrt aus dem Fenster unseres Salons und beobachtete, wie die Granaten beim Aufprall auf den Boden wie bei einem Vulkanausbruch Erde und Weinreben in die Luft schleuderten. Die Jungs schrien: „Beeilt euch, fahrt in die Nachbardörfer! Hier seid ihr nicht mehr sicher!" Wir bekamen die Anweisung, unsere Häuser zu verlassen und umliegende Gemeinden oder ein nahe gelegenes Hotel mit einem bombensicheren Bunker aufzusuchen.

Es war Sommer, wir hatten keine Ahnung, was wir mitnehmen sollten. Wie denn auch? Man kann sein Haus nicht mitnehmen, dachte ich. Aber man braucht alles, was man in seinem Haus hat! Ich hatte Angst, dass womöglich eine Bombe alles zerstören würde. Also fing ich an, die Dinge, die mir besonders wichtig waren, aus meinem Kleiderschrank herauszusuchen. Auch meinen geliebten Walkman, auf dem ich Kassetten abspielen konnte. Meine Mutter mahnte mich: „Bring bloß nichts durcheinander, alles ist so gut einsortiert. Und die Stapel mit der Winterkleidung brauchst du sowieso nicht durchzusehen, so kalt wird es selbst im Bunker jetzt im Sommer nicht sein. Am besten lässt du alles, wie es ist. Außerdem gibt es im Hotel bestimmt Kinder, die nicht solche schönen Dinge haben wie du, und dann ist es ihnen gegenüber nicht fair, wenn du deinen Walkman dabeihast. Wir kommen sicher bald wieder zurück."

Mein Geburtstagsgeschenk war eine Musikanlage gewesen. Ich hatte sie wieder in ihren Karton eingepackt und mit einer Decke umhüllt unter den Tisch gestellt, um sie zu schützen. Diese Anlage war zu groß, um sie mitzunehmen. Natürlich. Auf eins wollte ich aber auf keinen Fall verzichten: Ich hatte Noten für das neue Schuljahr im Musikgymnasium bei meiner Tante Marija, die in Deutschland lebte, bestellt und sie gerade geschickt bekommen. Also nahm ich einen Jagdrucksack meines Opas und steckte die Notenhefte hinein. Der Rucksack lastete schwer auf meinem Rücken, ich schleppte ihn mühsam zum Auto. Damals konnte ich nicht ahnen, wohin er mich überall begleiten würde.

Mit einem letzten Blick streifte ich die fünfzehn weißen Anthurien in der Vase auf dem Tisch, die mich an meinem Geburtstagsmorgen begrüßt hatten. Sie zurückzulassen, berührte mich aus irgendeinem Grund besonders. Wir verließen das Haus meines Opas in Flip-Flops und T-Shirts, meine Oma Maja fütterte noch die Hühner, damit sie bis zu unserer Rückkehr am Abend genug zu picken haben würden. Falls es ein bisschen später werden würde. „Ein paar Stunden nur, bis der Angriff vorbei ist. Dann kommt ihr zurück!", hatten die Jungs uns beruhigt.

Meine Mutter, die Oma und ich stiegen ins Auto, mein Opa weigerte sich: „Ich gehe nicht hier weg! Niemand vertreibt mich aus meinem Haus, keiner kann mir was! Wo soll ich denn hin?" Er wollte unbedingt bleiben. Wir fuhren einige Meter und besannen uns dann: „So geht es nicht. Wir können Opa hier nicht alleine zurücklassen!" Die jungen Männer, die zur Verteidigung des Dorfes die Stellung halten sollten – meine erste Mädchenliebe war unter ihnen, und ich hatte mich gefreut, ihn ein paar Minuten zu sehen –, redeten meinem Opa zu: „Luka, ihr müsst jetzt alle weg! Es ist hier nicht sicher, die Tschetniks sind in Kürze bei uns im Ort! Ihr könnt darauf vertrauen. Ihr kommt wieder und könnt zurück in eure Häuser! Wir überlassen den Angreifern nichts!"

Die politischen Auseinandersetzungen, die diesem Krieg vorausgingen, hatten wir natürlich schon längere Zeit in den Nachrichten verfolgt. Wir wussten, dass es in Nordkroatien bereits zu militärischen Angriffen gekommen war. Doch niemals hätten wir gedacht, dass die Situation solch ein Ausmaß annehmen würde. Unten im Tal hatten wir schon Tage zuvor die ersten Bomben explodieren gehört. Wir hatten uns nächtelang in den verschlungenen und tiefliegenden Katakomben unseres alten Steinhauses versteckt. Auf Anweisung des Krisenstabs waren alle Nachbarn zu uns gekommen, die selbst keine sicheren Keller hatten. Mein Opa hatte einige Holzbretter montiert, auf denen wir alle sitzen und schlafen konnten. In der Ferne sahen wir durch den Innenhof oben am Himmel immerzu die Leuchtraketen über unsere Terrasse fliegen. Ich konnte die verschiedenen Typen und auch ihre Entfernung am Klang sehr schnell sicher unterscheiden. Eines Abends hatte ich es nicht mehr ausgehalten, ich sagte: „Ich kann nicht mehr, ich muss wieder eine Nacht im Haus verbringen!" „Dann gehen wir beide nach oben ins Schlafzimmer", tröstete mich mein Opa, „ich brauche auch mein bequemes Bett." Meine Mutter bremste uns: „Nein, das könnt ihr nicht machen, das ist zu gefährlich!" Aber ich war sicher: Mit meinem Opa passiert mir nichts! Ich wusste, ich musste einfach in mein Bett und schlafen. Wir huschten über die Terrasse nach oben, mein Opa beschützte mich. Mit ihm zusammen hatte ich keine Angst.

Tagsüber erzählten meine Großeltern und ihre Freunde Kriegsgeschichten aus dem Zweiten Weltkrieg. Ihre Erinnerungen daran wurden leider wieder sehr wach, und wir Kinder hörten aufmerksam und mit Spannung zu. Sogar in dieser Situation kamen uns die Erzählungen der Ältesten wie unwirkliche Abenteuergeschichten vor. Dabei waren wir selbst mittendrin im Krieg. Aber wir alle konnten nicht wirklich glauben, dass es dermaßen eskalieren und kriegerisch werden würde.

Nun befanden wir uns unerwartet auf der Flucht und standen in einer riesigen Autokolonne. Natürlich, denn jeder um uns herum versuchte, möglichst schnell wegzukommen. Um Zeit und einen Vorsprung zu gewinnen, fuhren wir erst einmal ins Nachbardorf. Der Motor des alten Wagens röhrte verzweifelt, während das Fahrzeug über die zerklüftete Straße holperte, die mittlerweile von Granatenkratern übersät war. Es war ein Auto, das schon in seinen besseren Zeiten mehr Staub als Geschwindigkeit verursacht hatte, doch an diesem Tag schien es alles zu geben, als wäre auch die Maschine von einem Überlebenswillen angetrieben. Ich saß auf dem Rücksitz, eingekeilt zwischen meiner Oma und dem Rucksack mit meinen Noten, der hastig zusammengeschnürt worden war. Die Luft im Wagen war stickig vor Angst und Enge, aber niemand wagte es, ein Fenster zu öffnen – zu groß war die Gefahr, dass der Funke eines Geschosses uns treffen würde. Rundherum schlugen die Granaten ein, die von Bombern aus der Luft abgeworfen wurden, Artilleriefeuer war in der Nähe zu hören, ganz plötzlich waren wir im Zentrum eines Infernos.

Nie werde ich dieses Bild vergessen: Meine Mutter saß am Steuer, die Hände so fest um das Lenkrad geklammert, dass die Fingerknöchel weiß hervortraten. Ihre Augen blickten starr geradeaus, als könnte sie allein durch Willenskraft die Straße vor uns stabil halten. Neben ihr, auf dem Beifahrersitz, kauerte mein Opa, seine Schultern angespannt, sein Blick ebenso wachsam und auch verwundert, als würde er nach Erklärungen für das suchen, was sich unseren Augen darbot – und sie nicht finden. Er war still, wie er es immer war, wenn die Dinge sich zum Schlimmsten wendeten, doch die Spannung in seinem Unterkiefer verriet, wie viel es ihn kostete, Ruhe zu bewahren.

Ich drückte mich eng an meine Oma und spürte ihre zittrige Hand, die schützend auf meinem Knie lag. Draußen heulten die Sirenen, und irgendwo in der Nähe detonierte eine Granate. Der Einschlag ließ die Scheiben zittern, als wolle die Explosion sie von innen zerreißen, und der Wagen sprang für einen Moment wie ein Esel auf der Straße hoch. „Bleib auf dem Asphalt!", rief mein Opa, während meine Mutter das Lenkrad herumriss, um einem Krater auszuweichen, der plötzlich wie ein Schlund vor uns aufgetaucht war. Einer der Granatenblitze, die in der Nähe einschlugen, war uns so nah, dass ich meinte, die Hitze auf meiner Haut zu spüren. Ich biss die Zähne zusammen und schloss die Augen. „Alles wird gut, mein Kind", versuchte mich die Oma zu beruhigen, obwohl ihre Stimme bebte. Sie drückte mich an sich, doch ihre Hände zitterten so sehr, dass es mehr ein Trost war, den ich der Großmutter gab, als umgekehrt.

Der Wagen roch nach heißem Gummi, nach Angst und nach den verbliebenen Düften eines Lebens, das wir zurücklassen mussten – das Parfum meiner Mutter, das sich schwach in die Polster gefressen hatte, und der Pfefferminzgeruch, der immer von meinem Opa ausging.

Meine Oma betete einen Rosenkranz, und wir alle sprachen mit, Tränen standen uns in den Augen. Wir wussten gar nicht, wie uns geschah. Neben der Straße brannten die Baumkronen lichterloh, die Äste hatten sich durch Granaten entzündet, einige von ihnen stürzten auf die Straße, wir mussten Slalom fahren. Ich wollte nicht weinen, doch die Tränen brannten in meinen Augen, während der Lärm außen um uns herum immer lauter wurde.

Mein Opa sprach erneut, diesmal ruhiger: „Wir schaffen das. Bald sind wir raus." Seine Stimme klang felsenfest inmitten des Chaos, sodass ich für einen Moment an seine Worte glauben wollte. Vielleicht wartete hinter der nächsten Kurve das Ende des Krieges, vielleicht würden dort die Schreie und das Donnern verstummen? Doch die Wahrheit war, dass wir keine Ahnung hatten, wohin wir fuhren und was uns erwarten würde. Wir wussten nur, dass wir wegmussten. Es war keine Flucht mit Ziel, sondern ein verzweifeltes Davonlaufen – weg von dem Haus, das mein Zuhause war und vor wenigen Stunden noch unser Leben beherbergt hatte; die vier Wände, in denen ich gelacht, geweint und geträumt hatte. Was nun zählte, war, das nackte Leben zu retten und nicht zurückzuschauen. Alles andere war mit einem Schlag unwichtig geworden: die Zukunft, die Schule, die Freunde, sogar die unbeschwerten Tage aus der jüngsten Vergangenheit verblassten in diesem Inferno. Jetzt waren sie nur noch Erinnerungen, Bilder in meinem Kopf, die ich nicht länger betrachten durfte, weil es zu sehr schmerzte. Wir mussten weg, immer weiter, raus aus der Reichweite der Zerstörung, die scheinbar kein Ende nehmen wollte, und weg von unserem Dorf, das uns nicht länger beschützen konnte.

Ein weiterer Einschlag war so nah, dass der Wagen für einen Augenblick nach rechts zu kippen schien. Ich hielt die Luft an, spürte, wie meine Mutter das Lenkrad mit aller Kraft festhielt, und dann fuhr der Wagen weiter, als wäre nichts gewesen. Mein Herz schlug mir bis zum Hals, laut, so laut, dass ich ein paar Sekunden lang dachte, es könnte den Krieg übertönen.

Und doch war da auch etwas anderes spürbar. Zwischen all der Angst, zwischen den Schreien und dem Zittern meiner Oma waren da der Schatten meines Opas und die feste Hand meiner Mutter am Steuer. Inmitten des Chaos war meine Familie ein Anker, ein leuchtender Punkt, der uns zusammenhielt, während die Welt auseinanderbrach. Der Tag war lang, der Weg voller Ungewissheit, doch solange der Wagen weiterrollte, solange meine Familie an meiner Seite war, hielt ich an einem leisen, flackernden Funken Hoffnung fest. Vielleicht lag am Ende des Weges eine Zukunft – und vielleicht würden wir sie gemeinsam erreichen. Es war wirklich unfassbar dramatisch, aber wir kamen heile bei der Mutter einer Familienfreundin in einem kleinen Ort am Wasser, nur wenige Kilometer von unserem Haus entfernt, an. Für uns ein kleines, großes Wunder. Eine andere Welt. Bei ihr verbrachten wir den Rest des Tages, um uns zu besinnen und zu entscheiden, was als Nächstes zu tun sei. Die serbischen Kämpfer rückten aus Montenegro an und kamen immer näher, wir warteten auf Nachricht. Irgendwann am Abend hieß es, die Region sei fast vollständig okkupiert, wir sollten dringend weiterfahren nach Dubrovnik. Im Umfeld der Stadt flüchteten wir uns zu einer Cousine meiner Oma, die dort mit ihrer Familie lebte. Keiner wusste, wie es weitergehen würde, und wir warteten einige Tage auf Weisung durch den Krisenstab. Die Hotels in der Stadt, die als Notunterkünfte dienen sollten, waren noch nicht alle verfügbar.

Als absehbar wurde, dass wir so schnell nicht in unser Dorf zurückkommen würden, hatten meine Mutter und der Opa einige wenige Male die Chance, in unser Haus zu gehen, um Kleidung und persönliche Dinge für uns zu holen. Bei solchen Gelegenheiten brachte meine Mutter auch unsere Fotoalben in Sicherheit. Man musste sich offiziell anmelden, dann bekam man für ein paar Stunden Geleit durch kroatische Soldaten, junge Männer aus meiner Heimat, die aufgefordert worden waren, alle verfügbaren Pistolen oder Jagdgewehre von zuhause zu ihrem Einsatz mitzubringen. Da die große Jugoslawische Volksarmee gesamt-jugoslawisch orientiert war, mussten die Teilrepubliken, die die Unabhängigkeit anstrebten, eigene Armeen aus Polizei und ziviler Territorialverteidigung improvisieren. Sicher fühlte sich das nicht an. Wenn meine Mutter und der Opa in unser Haus gingen, blieb ich jeweils allein mit der Oma in unserer Unterkunft und wartete sehr angespannt darauf, ob meine Mutter und der Opa aus der Begegnung mit den in unseren Augen barbarischen Besetzern lebend zurückkehren würden. Wie leicht hätten sie in solchen Momenten erschossen werden können. Niemand wäre dafür zu jener Zeit vor Gericht gelandet.

Recht bald bekamen wir Nachricht, dass die Serben und Tschetniks in unserem Dorf seien und alles in Brand setzten. Natürlich wollten wir unbedingt wissen, ob unser Haus auch dazugehörte oder ob es verschont geblieben sei. Nur spärlich erreichten uns detailliertere Informationen, es hieß, unser Haus stünde bislang noch, die Serben würden es als Quartier nutzen, von dem aus sie ihre Angriffe koordinierten und alles kontrollierten. Über das Haus meiner Tante Marija, die inzwischen mit ihrer Familie wieder nach Deutschland gereist war, hieß es, es sei komplett abgebrannt. Und tatsächlich, als wir viel später zurückkamen, sahen wir: Es war bei dem Brand nur Asche übrig geblieben. Ein ganzes „Zuhause" einfach ausgelöscht. Nichts war mehr da. Keine persönlichen Gegenstände, keinerlei Erinnerungen. Alles war vernichtet. Ein Gefühl der Ohnmacht und der Leere überkam mich, als ich vor den Ruinen des Hauses stand, und obwohl ich es mit eigenen Augen sah, dachte ich: Nein, das ist nicht wahr! Es ist nur ein böser Traum!

Wie viele derer, die mit uns auf der Flucht waren, wurden wir innerhalb der folgenden Tage in ein Hotel in Dubrovnik verwiesen und bekamen ein Zimmer zugeteilt. Dort trafen wir viele unserer Nachbarn, Menschen aus der weiteren Umgebung und auch die andere Schwester meiner Mutter, Tante Paula, mit ihrer Familie. Die Hotels und Bunker waren dicht belegt, von überall aus der Umgebung waren Menschen gekommen, um in Dubrovnik Deckung zu suchen. Wir fühlten uns hier halbwegs sicher, weil wir dachten, die kämpfenden Einheiten würden diese Stadt, die mit ihrem historischen Kern zum UNESCO-Weltkulturerbe gehört, nicht angreifen. Aber Dubrovnik war längst umzingelt, die Marine der Jugoslawischen Volksarmee, die die Unabhängigkeit Kroatiens verhindern wollte, lag im Hafen, und von der Landseite kamen die Tschetniks und die Serben aus den Bergen und schossen auf alles, was sich bewegte. Sie hatten uns in der Hand. Um uns vor den Luftangriffen durch die Jugoslawische Volksarmee zu schützen, suchten wir im Bunker des Hotels Zuflucht. Jedes Mal, wenn die Luftangriffssirene ertönte, fühlte ich mich, als würde das Blut in meinen Venen gefrieren. Selbst heute noch, wenn ich irgendwo die Feuerwehrsirene höre, ist jede Zelle meines Körpers sofort in Alarmbereitschaft versetzt und erinnert sich an diese furchtbare Zeit.

Die Situation spitzte sich rasant zu, es fielen immer mehr Bomben, sodass der kroatische Krisenstab anordnete, alle Kinder, Frauen und Senioren müssten die Stadt verlassen. Wir gingen auf ein Schiff, das uns Richtung Istrien bringen sollte. Es begann mit Warten, die drei mit Flüchtenden überfüllten Fähren kamen nicht weiter, denn Kriegsschiffe der Jugoslawischen Volksarmee blockierten die Durchfahrt. Wir lagen und saßen eng an eng auf und unter Deck, die Situation war unfassbar. Ein Schiff voller alter Menschen, Frauen und Kinder, die hilflos und unverschuldet ihrem Schicksal ausgeliefert waren und um ihr Leben bangten. Und ich war mittendrin, eine von ihnen. Ich hatte Angst. Ich fühlte mich wie von meinem Körper abgetrennt und beobachtete die ganze Situation irgendwo von oben. Ich fragte mich: Träume ich? Oder bin ich vielleicht schon tot? Alles war ungewiss: Würden sie auf uns schießen? Uns womöglich gefangen nehmen? Wir zitterten vor Anspannung, die kleinen Kinder weinten und waren sehr unruhig; die älteren Leute starrten mit glasigen, leblosen Augen vor sich hin, sie sahen unendlich verloren aus. Diese Erfahrung hat sich tief in mich eingebrannt.

Was für eine Erleichterung, als die Armee uns schließlich durchließ: Jetzt waren wir frei! So fühlte es sich zumindest an. Wir fuhren mit dem Schiff durch die Nacht, am nächsten Morgen erreichten wir die nördlichste Hafenstadt Kroatiens: Rijeka, in der Nähe der Grenze zu Italien. Von dort wurden wir mit Bussen auf die Insel Krk gefahren und auf Hotels verteilt. Hier, im Norden des Landes, herrschte Frieden. Bis hierher reichte der Krieg noch nicht. Für uns, die wir gerade einer Hölle von Gewehrfeuer und Granatenhagel entkommen waren, war das einigermaßen bizarr.

Obwohl Dubrovnik Weltkulturerbe ist, wurde es in diesen Wochen völlig zerbombt, um die Unabhängigkeit Kroatiens zu verhindern. Die schlimmste Welle der Zerstörung, die wir zum Glück nicht mehr direkt miterlebten, geschah am Nikolaustag, am 6. Dezember. Wir sollten das Ausmaß der Zerstörung erst zu Gesicht bekommen, als wir viel später in unsere Heimat zurückkehrten.

Es war Ende Oktober, als wir auf Krk landeten, das Schuljahr hatte im September bereits begonnen. Fran, ein Mann, der den Krisenstab auf der Insel leitete und für die Organisation zuständig war, entschied über die Verteilung der Kinder auf bestimmte Schulen. Als er hörte, dass ich in Dubrovnik auf ein Musikgymnasium ging, lud er mich ein, bei ihm zuhause am Klavier zu üben. Fran selbst sang in einem traditionellen Chor, er hatte eine innige Verbindung zur Musik. Um auch in Istrien ein Gymnasium mit musischem Zweig besuchen zu können, musste ich täglich über eine Stunde mit dem Bus über die große Brücke fahren, die die Insel mit dem Festland verband. „Diese Brücke wird häufig geschlossen", erklärte Fran uns, „wenn es stürmisch ist, kann sie manchmal mehrere Tage nicht befahren werden. Wenn so etwas passiert, kannst du bei meiner Mutter in der Stadt übernachten."

Sein Angebot war sehr freundlich, aber ich hätte mich nicht wohlgefühlt, es anzunehmen. Ich hatte Angst, dass der Krieg ohne Vorwarnung auch hierherkommen würde und ich dann von meiner Familie abgeschnitten wäre. Deshalb fragten wir die Organisatoren auf der Insel, ob es eine Möglichkeit gäbe, gemeinsam mit meiner Mutter näher an meinem Musikgymnasium zu wohnen. Sie bemühten sich, eine Unterkunft in der Stadt zu finden, damit ich nicht täglich pendeln musste. Dann meldete sich eine Familie aus Opatija, die gerne ein Kind aufnehmen wollte, aber ich war ängstlich, alleine und ohne meine Mutter an einem mir unbekannten Ort zu leben. Als sie davon erfuhren, willigten sie ein und boten meiner Mutter und mir gemeinsam Asyl an.

Mit einem Mal fanden wir uns in einer wunderschönen kleinen Stadt zwischen prachtvollen Villen und in der Nähe einer paradiesischen Uferpromenade wieder, einquartiert bei fremden Menschen – eine seltsame Situation. Über Nacht hatte sich unser Leben komplett verändert. Wie schnell das gehen kann. Von nun an war Opatija unser neues Zuhause. Wir lebten uns in unserer Gastfamilie gut ein, es war ein herzliches Aufeinandertreffen und ein wirklich schöner Kontakt. Die Frau, sie hieß Anja, weinte und umarmte uns, sie war eine Seele von Mensch. Ich bewunderte, wie sehr sie und auch ihr Mann Mateo sich um ihre drei Jahre alte Tochter Emilia kümmerten. Das kleine Mädchen vergötterte mich als ihre „große Schwester", und ihre Eltern behandelten mich, als wäre ich ihre eigene Tochter. Jeden Morgen lag auf dem Tisch ein Taschengeld, was ich mit in die Schule nehmen sollte. Am Anfang habe ich mich gar nicht getraut, es anzunehmen. Es fühlte sich ganz befremdlich an, Geld von anderen Leuten zu bekommen anstatt von der eigenen Mutter. Und schließlich brauchte ich nichts zu kaufen. Aber Anja und Mateo haben mich regelrecht gedrängt, ihre Gaben anzunehmen, und mich immer wieder aufgemuntert, mich ganz frei zu fühlen. Zudem bemühte sich Anja, gute Lehrer für meinen Musikunterricht am Klavier und für das Solfeggio, die Ton- und Gehörbildung, zu finden.

Es trat ein, was wir nie erwartet hätten: Wir verbrachten fast ein ganzes Schuljahr bei Mateo und Anja – bis zum Frühling im darauffolgenden Jahr –, und die Beziehung zu ihnen entwickelte sich so herzlich und freundschaftlich, dass wir auch nach dem Krieg in Kontakt blieben und uns gegenseitig besuchten. Die Erfahrung, in dieser Familie zu leben, war schön und intensiv, sie hat mich geprägt. Einige Jahre später wurde Anja sehr krank, sie ist dann recht jung gestorben, und es machte mich traurig zu sehen, dass Emilia ihre Mama so früh verlor – und bald danach ihren Vater Mateo. Aus dem kleinen Mädchen war damals schon eine erfolgreiche junge Ärztin geworden, aber der Gedanke, dass man plötzlich ganz alleine und ohne engste Familie auf der Welt sein kann, machte mir irgendwie Angst.

Unsere wunderbare Gastgeberin Anja brachte mich mit Meditation in Berührung. Auch meine Mutter begann, sich dafür zu interessieren. Gemeinsam gingen wir zu den Meditationsstunden. Anja war nicht grundsätzlich spirituell, aber ihre Weltsicht war eine für mich neue. Sie hatte Drähte in Sphären, die mir bis dahin unbekannt waren und die mich neugierig machten. Sie brachte mich mit Büchern in Kontakt, die ich vorher nicht gelesen hatte. Ich spürte bei ihr mehr Wärme als bei meiner Mutter. Mit dieser Frau kam ein neues Bewusstsein in mein Leben, auch darüber, weshalb ich in meinem jungen Leben so oft krank gewesen war, und eine alte Sehnsucht keimte in mir auf: Egal, mit wem wir zusammen waren – auch als ich noch ein Kind war –, habe ich immer gehofft, dass meine Mutter sich von anderen Menschen abgucken würde, wie sie mit der Welt umgehen. Ich habe mir so sehr gewünscht, dass sie sich verändert. Auch für sie selbst.

Zimmer 359

Als wir aufs Festland umgezogen waren, waren meine Großeltern im Hotel auf der Insel geblieben. Es fühlte sich für
mich, die ich bei ihnen aufgewachsen war, sehr seltsam an,
plötzlich von ihnen getrennt zu sein. Das Ende desselben
Jahres verbrachten wir alle zusammen bei meiner Tante Antonella – eigentlich war sie die Cousine meiner Mutter – in
Italien. Sie wohnte mit ihrer Familie in Verona und hatte
uns eingeladen, Weihnachten und Silvester im Kreise der
Familie zu verbringen und wenigstens für ein paar Tage zu
vergessen, dass wir Flüchtlinge in Notunterkünften waren.
Natürlich war es wunderschön, eine Welt zu erleben, in der
nichts Schlimmes passierte, in der keine Bomben fielen. Es
war wie im Märchen. Antonella hatte im Haus alles festlich
geschmückt, und auch die Stadt glitzerte. Auf den Straßen
herrschte eine zauberhafte Atmosphäre, überall ertönte
Weihnachtsmusik. Alle Menschen, die ich erblickte, sahen
glücklich und zufrieden aus. Alle waren chic gekleidet. Ich
liebte es, diese Luft zu atmen. Mit meiner Cousine Giulia
und meinem Cousin Gianluca verstand ich mich super, ich
war viel mit den beiden unterwegs, sie nahmen mich überallhin mit. Das fühlte sich sehr unbeschwert an. Ein ganz

anderes Leben, als wir es zur selben Zeit in Kroatien führten. Eigentlich das Leben, was ich auch ganz selbstverständlich geführt hätte, wenn kein Krieg ausgebrochen wäre.

Meine Großeltern fuhren direkt von Verona aus im Januar zu meiner Tante Marija, der jüngeren Schwester meiner Mutter in Deutschland. Sie und ihr Mann Marko hatten eine Geschäftsreise nach Holland geplant, und meine Großeltern wollten sie unterstützen und auf ihre beiden Töchter aufpassen. Außerdem war meine Tante froh, ihre Eltern in Sicherheit in Deutschland zu wissen und nicht am Rande des Kriegsgeschehens.

Meine Tante Antonella sah mich an und fragte meine Mutter: „Kann die Kleine nicht wenigstens hier zur Schule gehen?" Sie hatte einen Klavierprofessor organisiert, damit ich Unterricht bekam. Es hätte sich alles so wunderbar fügen können, aber es war merkwürdig für mich, dieses Angebot zu bekommen, mich in ein „normales" Leben zu retten. Ich dachte: Lieber da sein, wo alle sind! Lieber mit meinen eigenen Leuten zusammen sein, selbst wenn dort Krieg herrscht! Ich wollte nicht alleine in Italien bleiben, ich wollte nicht getrennt von meiner Mutter sein. Später fragte ich mich häufig: Warum habe ich eigentlich so gedacht? Ich bekomme das verlockende Angebot, in Verona zu bleiben – und ich gehe freiwillig zurück in den Krieg!?

Ja, wir waren tatsächlich der Meinung: Wenn sich die Verhältnisse bessern würden, wären wir von Opatija aus viel schneller wieder zuhause in unserem Dorf. Deshalb entschieden meine

Mutter und ich, gemeinsam nach Nordkroatien in unsere Gastfamilie zurückzugehen. Heute denke ich, es war diese tiefe Verbundenheit mit der Heimat und den Wurzeln, aus denen wir mit Gewalt weggejagt worden waren. Wir waren gezwungen zu flüchten und unser Zuhause zu verlassen. Alle waren gleichermaßen betroffen, alle teilten dasselbe Schicksal. Ich habe es mir dann so erklärt: Weil ein Mensch grundsätzlich ein Gruppentier ist und das Bedürfnis nach Verbundenheit in sich trägt, möchte man auch in Krisensituationen dazugehören. Egal, wie schlimm es ist. In solchen Situationen steht das Gruppenempfinden über dem Individualismus.

Nachdem im Juni 1991 Slowenien die Unabhängigkeit Kroatiens anerkannt hatte, folgten im Juli 1991 Litauen, im Dezember 1991 dann die Ukraine, Lettland, Island und Deutschland, und wir schöpften Hoffnung: Jetzt wird alles gut, dachten wir, die Serben verlassen unser Land! Jetzt konnte es nicht mehr lange dauern, bis sie aufhören würden, uns zu beschießen und der Frieden wiederhergestellt wäre. Es hieß, das Leben würde sich in der Kriegsregion langsam normalisieren, der Schulbetrieb sollte wieder aufgenommen werden. Um Ostern herum entschieden wir uns deshalb, nach Dubrovnik zurückzugehen. Doch welch eine Enttäuschung: Wider Erwarten konnten wir noch nicht in unser Dorf zurück, es war immer noch besetzt – und sollte viel länger besetzt bleiben, als wir es uns je ausgemalt hatten. Man quartierte uns stattdessen in einer Unterkunft in einem ehemaligen Hotel in der Stadt ein, so war es vom

Krisenstab organisiert. Meine Mutter und ich bezogen zu zweit das Zimmer 359. Mitten im Krieg in einem Fünf-Sterne-Luxushotel zu wohnen war alles andere als glamourös. Oberhalb der Häuser, auf dem Berg, sah man Tschetniks und Soldaten der Armee patrouillieren, es fielen regelmäßig Schüsse. Unten im Hafen lagen Kriegsschiffe, von denen wir immerzu hofften, sie würden ihre Munition nicht abfeuern, und im Hintergrund waren Bombendetonationen zu hören. Es ist schwierig zu beschreiben, was wir fühlten. Unser Hotelfenster und die großen Balkontüren besaßen keine einzige Scheibe mehr, vor den leeren Rahmen hingen Müllbeutel, damit Wind und Regen nicht allzu heftig hineinwehten. An die Flattergeräusche, die selbst die kleinste Windböe erzeugte, gewöhnten wir uns schnell. Irgendwann nahmen wir sie nicht einmal mehr wahr, genau wie das Beben der Erde, wenn die Bomben fielen.

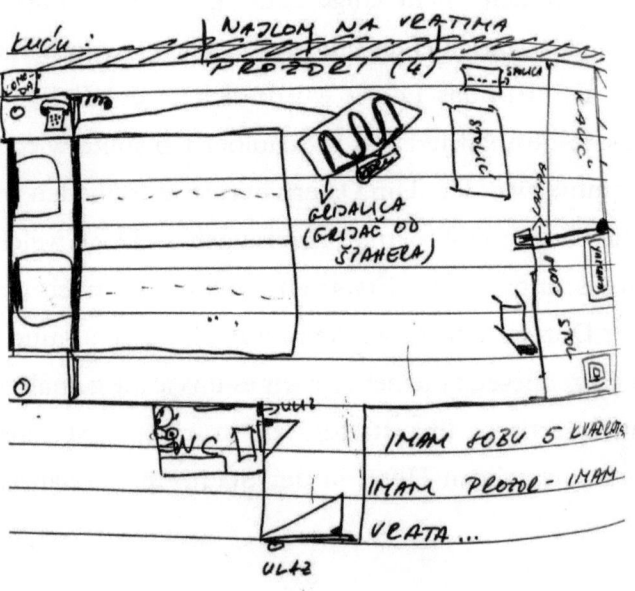

Wir verbrachten Monate im Hotel, bis die Serben sich langsam zurückzogen und wir endlich wieder in unser Haus durften. Unseren Großeltern hatte man bei ihrer Rückkehr aus Deutschland ein Zimmer neben uns zugewiesen, sie waren für mich da, als meine Mutter bald darauf für einige Wochen zu meiner Tante Marija reiste, um die Großeltern dort abzulösen und ihr mit den Kindern zu helfen. Sie hatten viel mit der Umstrukturierung ihres Reiseunternehmens zu tun.

Der Krieg war längst nicht vorbei. Es stellte sich heraus, dass wir viel zu früh zurückgekehrt waren. Der Bombenhagel ging weiter. Wenn die Sirenen aufheulten, rannten wir in den Hotelbunker und verbrachten Tage und Nächte dort. Einmal waren es weit mehr als elf Tage am Stück, das habe ich in schlimmer Erinnerung. Notdürftig wurden wir mit Mahlzeiten aus Konserven versorgt. Licht hatten wir kaum, nur Kerzen oder Öllampen. Es war allerdings alles andere als romantisch. Wie hart die äußeren Bedingungen waren und welche Auswirkungen das Kriegsszenario psychisch auf uns hatte, vertraute ich immer wieder in allen Details meinem Tagebuch an.[2]

Mehrere Wochen harrten wir aus ohne Strom und ohne Wasser aus der Leitung, wir konnten uns nicht waschen oder duschen, noch nicht einmal die Hände. Am Anfang notierte ich in meinem Tagebuch jeden Tag, den wir in der Dunkelheit und ohne fließendes Wasser verbrachten. Es

2   Vgl. Tagebuchauszüge im Anhang ab Seite 215.

war eine Sensation, eine Situation, die ich bisher nur aus den Nachrichten über ferne Länder gekannt hatte. Doch sehr bald wurde das unser Alltag. Der Hahn blieb trocken, wenn wir ihn aufdrehten, so selbstverständlich wie das Atmen – oder vielmehr das Nichtatmen – in dieser seltsamen Realität, die plötzlich unser Alltag war. Stattdessen wurden große Kanister mit Trinkwasser geliefert, ein karges Maximum von fünf Litern pro Familie. Am Tag zuvor die knappe Ankündigung: „Morgen gibt es Wasser." Ein Versprechen, das die Welt für einen Moment stillstehen ließ und gleichzeitig in Bewegung setzte. Noch vor Sonnenaufgang sammelten sich die Menschen, eine lange, geduldige Schlange aus stummen Gesichtern und leeren Behältern, alle wartend, alle hoffend. Ich stand zwischen ihnen, den Blick auf den Horizont gerichtet, wo nichts passierte außer dem unaufhaltsamen Erwachen des Tages. Und dann überkam es mich – ein Gefühl, das mich wie eine Welle überspülte. Es konnte doch nicht wahr sein. Ich stand hier, fest verankert zwischen all diesen Menschen, und wartete auf Wasser, als wäre es etwas, das man erbitten musste, nicht etwas, das einfach *ist*. Die Unwirklichkeit des Augenblicks drückte auf meine Brust, machte es mir schwer, Luft zu holen. Es war, als hätte ich einen Schritt aus der Realität getan, als sähe ich mich selbst von außen. Das Rauschen der Gespräche um mich herum, das Knistern der mitgebrachten Plastikflaschen – alles wirkte dumpf, fern. Und ich fragte mich: Wie kann das hier Wirklichkeit sein?

Manchmal gingen wir ins Meer, dort badeten wir uns und wuschen die Haare, wir nahmen Shampoo mit. Als der Frühling kam, wurde das Wetter zum Glück sehr warm. Über ein Radio mit Batterien erreichten uns Informationen und gaben uns etwas Einblick in die Situation.

Als wir wieder in unser Zimmer hochgedurft hatten, fanden wir es von einem Granateneinschlag völlig zerstört vor, die Wand zum Badezimmer fehlte. Es war gegen Winterende, damals war es noch sehr frisch, und wir froren in der eiskalten Luft. Irgendwoher organisierten wir die elektrische Heizspirale aus einem alten Backofen und legten sie auf einen Stein, um damit unser Zimmer notdürftig zu erwärmen. Natürlich nur, wenn es Strom gab. Wir versuchten sogar, darauf zu kochen. Oft gab es aber tagelang keinen Strom, häufig war auch nichts zu essen für uns da. Vom Roten Kreuz wurde zwar grundsätzlich Verpflegung in der Hotelküche ausgegeben, aber das funktionierte nicht immer. Wenn Container mit Essenslieferungen kamen, stand man am Empfang des Hotels an, um Konserven, Polenta oder abgepackten Schmierkäse in Empfang zu nehmen. Es gab immer wieder dasselbe, ich konnte es bald nicht mehr sehen. Wenn gar nichts da war, machte sich meine Oma ums Hotel herum auf die Suche nach essbaren Kräutern. Auch Kleidung kam vom Roten Kreuz, wir mussten nehmen, was vorhanden war, was einigermaßen passte. Keiner konnte sich leisten zu sagen: „Das möchte ich nicht tragen!" Die meisten Läden waren zerbombt, und wenn mal welche offen hatten, konnte man kaum etwas außer Glühbirnen kaufen. Und da es tage-, oft sogar wochenlang keinen Strom gab, brauchte man sie nicht. Die Geschäfte waren komplett leer, die Transportketten zusammengebrochen, Lieferungen kamen nicht durch in die Kriegsgebiete.

Ich ging vom Hotel aus zur Schule. Das Schulgebäude war relativ sicher, weil es in der Altstadt lag, zudem hatte es große unterkellerte Bereiche, in die wir uns bei Angriffen retten konnten. Einmal sollten wir gerade einen Deutschtest schreiben, da war die Freude groß, dass die Sirenen genau im „richtigen Augenblick" heulten und die Schule geräumt werden musste. Mit der Entwarnung wurde wieder bis zum nächsten Angriff unterrichtet. Es war nie abzusehen, wie lange die Waffenruhe anhalten würde. Wir lebten einfach im Moment. Unfassbar, dass das oft nur im Katastrophenfall so leicht gelingt. Heute kann ich nicht glauben, wie schwer es unter normalen und natürlichen Umständen fällt, im Jetzt zu leben.

Mein Schulweg war abenteuerlich, ich legte ihn zu Fuß zurück. Auf Geheimwegen lief ich durch bestimmte kleine Gassen, in denen ich möglichst unsichtbar untertauchen konnte – immer in größter Wachsamkeit, um nicht plötzlich im Gewehrfeuer zu stehen. Manchmal kroch ich auf allen Vieren, manchmal musste ich mich eine Weile verstecken, um dann schnell weiterzuhuschen, musste von Deckung zu Deckung rennen, damit die Soldaten, die oben auf dem Berg patrouillierten, mich nicht sehen konnten und womöglich auf mich schießen würden. Ständig war ich in Gefahr, von der höhergelegenen Straße wie auf einem Präsentierteller gesichtet und getötet zu werden.

Eines Tages heulte die Sirene auf, ein schrilles, durchdringendes Signal, das die Luft zerschmetterte und jeden Gedanken in meinem Kopf auslöschte. Ich hatte gerade die Schule verlassen und stand am Tor der Altstadt, unschlüssig, was ich nun tun sollte. Der Weg zurück ins Hotel war lang, und die Stadt schien plötzlich zu einem gefährlichen Labyrinth zu werden. Doch ich wusste, dass ich mich entscheiden musste. Wenn der Alarm, wie wir es schon einmal erlebt hatten, über zehn endlose Tage dauern würde, wollte ich nicht allein mit ein paar Mitschülern im Bunker der Schule festsitzen – getrennt von meiner Familie. So begann ich, trotz der Angst, die mir schier den Atem nahm, zu laufen. Die Straßen waren leer bis auf das Echo meiner Schritte und das unheilvolle Heulen der Sirenen. Dann, wie aus dem Nichts, erhob sich das grollende Donnern der Granaten. Ich rannte weiter, mein Körper bewegte sich schneller, als mein Verstand es begreifen konnte. An einer Bushaltestelle überquerte ich die Straße, mein Herz schlug wie ein entfesseltes Tier in meiner Brust. Kaum hatte ich den Bordstein erreicht, schlug eine Granate dort ein, wo ich eben noch gewesen war. Der Aufprall ließ die Luft vibrieren, und Splitter, die töten konnten, flogen wie Funken umher. Instinktiv duckte ich mich, spürte die Hitze und die Wucht, und lief weiter. Ich hatte keine Wahl. Als ich schließlich das Hotel erreichte, drang das Geräusch der Sirenen wie ein ferner Nachhall zu mir, dumpf und unwirklich. Meine Mutter erwartete mich, die Panik in ihren Augen unübersehbar. Sie war außer sich, ihre Stimme zitterte vor Wut und Angst zugleich. „Wie konntest du nur so waghalsig sein?", schimpfte sie. „Ich war mir sicher, du bleibst im Bunker der Schule. Du hast dein Leben riskiert! Wenn es wieder passiert, bleib dort oder versteck dich irgendwo! Lauf niemals wieder draußen herum! Es hätte das Schlimmste passieren können!" Ich sagte nichts. Ihre Worte waren wie Granatsplitter, die meinen Mut durchbohrten. Doch tief in mir wusste ich: Ich hatte das Richtige getan. Ich hatte meine Familie gebraucht – und sie brauchte mich.

Ich versuchte, im Krieg ein möglichst „normales" Leben zu führen. Wenn ich heute an diese Zeit zurückdenke, fühlt es sich an, als würde ich mich an eine längst vergangene Geschichte erinnern, und ich frage mich häufig: Ist das alles wirklich so gewesen, wie ich es erinnere? Oder habe ich es nur geträumt? Wie kann es sein, dass ich mitten im Krieg gelebt habe? Und dass das Leben trotzdem weiterging – fast so, als wäre alles „normal"? Ein Teenagerleben, das in seltsamem Kontrast zu diesen dunklen Zeiten stand. Ich ging zur Schule, traf mich mit Freunden, blieb bis zur Polizeistunde in der Stadt oder im Park, und wir unternahmen lange Spaziergänge. Manchmal saßen wir mit anderen Geflüchteten in überfüllten Hotelzimmern zusammen. Die Gesichter wurden langsam vertraut, wir kannten uns irgendwann alle. Was knapp war, teilten wir, und liehen uns gegenseitig Dinge, die schwer zu bekommen waren. Von einem Zimmernachbarn bekam ich einen Kassettenrekorder, um meine Musik aufzunehmen. Es fiel mir schwer, das Gerät zurückzugeben, es hatte eine besondere Bedeutung für mich gewonnen. In unserem kleinen Hotelzimmer übte ich Querflöte, während in der Lobby ein Klavier stand, ein Flügel, den ich glücklicherweise benutzen durfte. Die Musik wurde zu meiner Zuflucht, ein rettender Anker für meine Seele. Jedes Mal, wenn ich spielte, fühlte es sich an wie eine Befreiung – ein Moment der Erlösung inmitten des Chaos.

Rückkehr in die Fremde

Als die Serben sich im Herbst 1992 langsam zurückzogen und die Kriegsgefechte irgendwann nachließen, hieß es von offizieller Seite, der Krieg sei beendet. Es war der 30. Oktober, der als Befreiung von Dubrovnik und Konavle gefeiert wurde. Wir konnten natürlich nicht sofort zurück in unsere Häuser. Anfang Dezember aber war es endlich so weit! Meine Mutter bildete die Vorhut, um zu schauen, wie es um unser Dorf bestellt war. Sie fuhr gemeinsam mit dem Bruder meines Opas, der in unserer Nachbarschaft lebte und mit seiner Frau in einem anderen Hotel in Dubrovnik untergebracht war. Unser Auto hatten wir bei unserer Rückkehr aus dem Norden dort wiedergefunden, wo wir es ein halbes Jahr zuvor abgestellt hatten. Durch den Granatenhagel hatte es „Windpocken", funktionierte erstaunlicherweise aber einwandfrei.

Wie sah es aus bei uns zuhause? Die Straßen in unserem Dorf waren von den schweren Panzern zerstört, sie lagen voller Patronenhülsen, und alles war verwüstet. Die Kriegsspuren waren nicht nur sichtbar, Kriegsgeruch erfüllte die Luft. Unser Haus war offensichtlich nicht nur Koordinationsbüro gewesen, sondern hatte den Besetzern während

der Okkupation auch als Unterkunft gedient. Ein unerträgliches Gefühl. Meine Mutter hielt es nicht aus, dort
zu schlafen, sie übernachtete gemeinsam mit ihrem Onkel
bei einer entfernten Verwandten. In unserem Haus wollte
sie erst alles gründlich putzen und vorbereiten, bevor wir
wieder dort einziehen würden. Erst ein paar Tage vor Weihnachten packten wir unsere drei Sachen im Hotel zusammen und konnten endlich zurück.

Es war ein warmer Oktobermorgen im Jahre 1991 gewesen,
als wir unser Haus verlassen hatten, in der festen Überzeugung, bis zum Abend zurückzukehren. Doch aus einem
Tag wurden Wochen, dann Monate, schließlich mehr als ein
Jahr und drei Monate.

Als wir zurückkamen, fanden wir nicht das Zuhause vor,
das wir kannten. Es war noch dasselbe Haus – zugleich war
nichts mehr so, wie es gewesen war. Die Mauern standen,
doch alles, was uns vertraut gewesen war, schien wie ausgelöscht. Die Serben und Tschetniks hatten ganze Arbeit
geleistet. Nicht nur Wände und Möbel waren zerstört, sondern auch die Wärme, die dieses Haus einst ausgestrahlt
hatte. Innen war es kalt, nicht nur wegen des fehlenden Feuers im Kamin. Der Strom flackerte hin und wieder, Wasser
tropfte gelegentlich aus den Leitungen. Doch nichts war
an seinem Platz. Es war, als hätte eine unsichtbare Hand
unser Zuhause genommen, heftig geschüttelt und mit grau-
samer Hand neu geordnet. Mein Klavier – einst das Herz-
stück des Wohnzimmers – stand in einer Ecke, von Kugeln

durchsiebt. Auf der Terrasse lagen verrostete Töpfe, Zeugen einer zerstörten Zeit. Bücher waren verschwunden, vieles geklaut, manches achtlos weggeworfen. Es war ein Trost, dass einige Nachbarn, die den Krieg hier überlebt hatten, ein paar unserer wertvollsten Erinnerungen für uns gerettet hatten – Bilder, Bücher, zerbrechliche Stücke unserer Vergangenheit.

Am schlimmsten aber war, was mit dem Lebenswerk meines Großvaters geschehen war. Sein Weingut, sein ganzer Stolz, seine Existenz: Alles war dem Erdboden gleichgemacht. Die Rebzeilen, die er mit Hingabe gepflegt hatte, lagen in einem Chaos aus Erde, Holz und Stahl. Die Serben waren mit ihren Panzern in die Hügel hineingefahren, hatten alles niedergewalzt, was jahrzehntelang gewachsen war. Jede Rebe, jede Pflanze, jedes zarte Lebenszeichen war ausgelöscht. Es war, als hätten sie die Zeit selbst zerstört, denn zehn Jahre braucht es, bis neue Reben wieder Ertrag bringen. Für meinen Großvater, der sein Leben dem Wein gewidmet hatte, war dieser Verlust endgültig. Sein Trecker, die Werkzeuge, die Holzfässer, die Generationen von Wein beherbergt hatten – alles war verschwunden oder unbrauchbar gemacht. Die Tschetniks hatten die Fässer mit Diesel durchtränkt, ein Akt der puren Boshaftigkeit. Nichts war mehr zu retten.

Die Rückkehr nach Hause war für meinen Großvater mehr als nur ein Schock. Sie war der Tod seines Traums, der ihn all die Jahre getragen hatte. Wir entdeckten Spuren einer weiteren Katastrophe: Die Besatzer hatten versucht, das Haus niederzubrennen. Auf einem verkohlten Fass mit dem hausgemachten Grappa meines Großvaters lag eine verbrannte Militärjacke. Nebenan war das Nachbarhaus dem Feuer vollständig zum Opfer gefallen. Phosphor hatte die Mauern in Asche verwandelt, der Stein war zu Staub zerfallen. Doch unser Haus stand noch. Irgendetwas hatte den Brand aufgehalten. Irgendjemand musste den Versuch vereitelt haben. Vielleicht ein Nachbar, der meinen Großvater kannte? Vielleicht jemand aus Montenegro, der früher einmal seinen Wein gekauft hatte? Wir wissen es nicht. Es bleibt ein Rätsel, ein Funke von Menschlichkeit inmitten der Zerstörung.

Doch das Haus, die Reben, der Wein – sie waren nicht mehr, was sie gewesen waren. Es blieb nur der Schmerz, die Trauer um das Verlorene und die Erkenntnis, dass ein Ort nie wieder derselbe sein kann, wenn seine Seele zerstört wird. Unser altes, für die Region typisches Haus, das auf großen Felssteinen in den Hang gebaut war, war damals bereits über zweihundert Jahre in der Familie. Meine gesamte mütterliche Linie hatte dort gelebt. Die Ausstattung ist typisch für die Region Konavle. Man betritt das Haus im Erdgeschoss, wo sich auch der Weinkeller befand. Die uralte Weinkellerholztür, die nur noch aus einzelnen Holzbrettern zusammengeflickt war, erinnerte eher an einen Paravent. Bevor man sie überhaupt öffnete, hatte man schon den unverwechselbaren Weinkellerduft in der Nase. Ein

Geruch, der sich zu jeder Jahreszeit veränderte und immer wieder anders entwickelte. Mal roch es nach Beeren und Citrus, mal nach Schokolade und Zimt, aber die Herznote war immer Holz und Alkohol. Ich war mit diesem Duft des Weinkellers aufgewachsen, ich mochte ihn schon als Kind sehr gern.

Von unten, von der Straße aus, geht man durch einen Tunnel und über die Treppe auf die Terrasse des Hauses hoch zum Innenhof. Sobald man den Haupteingang erreicht und den Tunnel betritt, spürte man auch heute noch eine kalte, feuchte Luft, modrig und mit einem Hauch von Weinkeller. Die alten Steingemäuer strahlen im Sommer eine angenehme Kühle aus, im Winter ist es eisig. Im Tunnel hatten meine Großeltern früher große Blumentöpfe mit Hortensien stehen, eine meiner Lieblingsblumen. In der feuchten Kühle entwickelten sie wunderschöne, prachtvolle Blüten.

Unter der Terrasse befanden sich die alten Katakomben, die uns und den Nachbarn in den ersten Tagen des Krieges Schutz geboten hatten. Einst waren diese Räume für Tiere gedacht, für Esel und Schafe, die in der Dunkelheit unter dem Haus ihren Unterschlupf fanden. Doch nun, nach all den Jahren, waren auch diese Zufluchtsorte nur noch Schatten ihrer selbst. Dort, wo einst das Leben pulsiert hatte, herrschte jetzt die Stille der Zerstörung.

Von der Terrasse aus führte eine Tür zu einem Salon, der reserviert war für besondere Anlässe oder für Tage, an denen die Großfamilie zu Besuch kam. Typisch für die Region war der riesengroße Holztisch mit seinen langen Bänken und vielen Stühlen, damit die ganze Familie und alle Verwandten ihren Platz hatten. An den Wänden hingen Bilder der Vorfahren und immer auch ein Gemälde vom „Letzten Abendmahl". Dieser Raum hatte immer einen unverkennbaren Duft nach Holz, getrockneter Minze und Thymian verbreitet, die meine Oma im Garten pflückte und auf dem großen Tisch zum Trocknen ausbreitete. So konnten wir das ganze Jahr über Minzetee zubereiten. Nun roch es nach Asche und Verwesung.

Für meinen Opa war alles, was er je aufgebaut hatte, alles, was sein Leben ausmachte, mit einem Schlag ausgelöscht. Er stand wie gelähmt vor den Trümmern seines Daseins. Ich konnte seine Fassungslosigkeit kaum ertragen, diesen Ausdruck in seinen Augen, der so viele Fragen stellte – und nicht einmal mehr eine Antwort erwartete. Als ob das Grauen, das er vor sich sah, sich nach innen kehrte.

Die Verzweiflung war stärker als er, das zeigte sich recht bald. Es begann mit einem Zittern in seinen Händen, kaum merklich, fast beiläufig. Doch es hörte nicht auf. Innerhalb weniger Wochen diagnostizierten die Ärzte Parkinson bei ihm. Eine Krankheit, die laut Prognose so sehr zu seinem körperlichen Verfall führen würde, dass nichts mehr so sein würde wie zuvor. Für uns alle war es eine unfassbare Realität. Das Zittern wurde bald zu seinem ständigen Begleiter. Sein Körper, einst stark und fest, wurde zum unsicheren Instrument. Trotz eines neuen kleinen Traktors, den er sich besorgt hatte, waren die steilen Hänge seiner Felder eine zu große Herausforderung für ihn. Mehrmals kippte er um, und jedes Mal schien etwas von seiner Kraft zu verschwinden. Obwohl meine Oma ihn unterstützte, so gut sie konnte, waren die Tage, an denen er wie früher arbeitete, gezählt. Er konnte nur noch für den Eigenbedarf anbauen; der Verkauf, die Verbreitung seiner Produkte, all das gehörte der Vergangenheit an. Sein Lebenswerk – eine Symphonie aus Erde, Wein und gern geleisteter Mühe – war nur mehr ein hohles Echo. Und dennoch ließ er sich nie schwach sehen. Nicht ein einziges Mal klagte er. Sein Stolz und seine unerschütterliche Stärke blieben ungebrochen. Seine Hände mochten zittern, doch in meinen Augen war er unantastbar, ein Held, zu dem ich immer aufblicken würde. Er trug den Schmerz in sich, aber niemals nach außen. Es war diese stille Würde, die ihn für mich zu einem der wundervollsten Menschen machte, die ich je gekannt habe.

Mein Opa war ein Mann, den das Leben geprägt, doch nie gebrochen hatte. Groß und schlank, mit einem Rücken, den er trotz seines Alters gerade und stolz aufrichtete, wirkte er wie eine alte, starke Eiche, die den Stürmen trotzt, selbst wenn ihre Rinde von den Jahren gezeichnet ist. Sein Gesicht war von tiefen Falten durchzogen, aber keine von ihnen sprach von Bitterkeit. Sie erzählten Geschichten von Freude und Verlust, von harter Arbeit und von jenen Momenten, in denen er das Leben vollends ausgekostet hatte. Seine Augen, in einem warmen, erdigen Braun, schienen immerzu zu lächeln, selbst wenn der Rest seines Gesichts in ernster Ruhe lag. Seine Hände waren groß, viel zu groß für seine schlanke Gestalt. Sie waren schwielig und von Adern durchzogen, die sich wie Flüsse über die Haut zogen, doch ihre Berührungen waren sanft, wie die einer Mutter. Es waren Hände, die Schutz versprachen, die Mauern bauen und gleichzeitig trösten konnten. Für mich lag in diesen Händen die größte Sicherheit auf der Welt. Wenn mein Opa mich auf den Schoß nahm, seine langen Arme wie ein Schild um mich legte, fühlte ich mich unverwundbar, als könnte nichts und niemand mir etwas anhaben. In seinen Armen gab es keinen Krieg, keine Granaten, keine Angst. Die Schreie und das Donnern, die die Welt um mich herum in Trümmer legten, verblassten, wenn ich an seine Brust gelehnt lauschte, wie sein Herz ruhig und gleichmäßig schlug. Es war ein Rhythmus, der mir sagte: Hier bist du sicher. Hier wird dir nichts passieren. Selbst mitten im Chaos der Welt trug er in sich eine unerschütterliche Ruhe, eine Gewissheit, dass alles gut werden würde. Nicht, weil er es laut versprach, sondern weil seine bloße Anwesenheit es glaubhaft machte. Mein Opa sprach nicht viel, war kein Mann großer Worte. Aber wenn er sprach, dann klang seine Stimme tief und sonor, wie ein Lied aus alter Zeit. Er ließ seine eigene Kindheit auferstehen, erzählte von Bächen und Wäldern, die es längst nicht mehr gab, und von Abenden, an denen die Welt einfach und friedlich war. Seine Worte waren wie Pflaster auf den Wunden der Realität, ein Trost, der auch in der düstersten Stunde die Dunkelheit ein Stück heller machte. Wenn ich meinen kleinen Kopf an seine Brust schmiegte, fühlte ich mich so sicher, als könnte selbst die Erde unter meinen Füßen zerbrechen, und er würde mich halten. Sein Schoß war für mich nicht einfach ein Platz zum Ausruhen, sondern ein Thron, ein Zufluchtsort, ein Versprechen von Geborgenheit. Und egal, wie hart der Winter war oder wie laut der Krieg tobte, in seinem Schatten blühte immer ein Hauch von Frühling. Er war nicht nur ein Opa. Er war das, was ich in einer zerrissenen Welt am meisten brauchte: ein Fels, an dem ich mich festhalten konnte, ein Leuchtturm in der Brandung, der mir Orientierung gab.

Als Kind war der Herbst für mich eine magische Zeit gewesen, erfüllt von Traditionen und dem Duft der Weinberge meines Großvaters. Mit den Nachbarn waren wir morgens hinausgezogen in die Hügel, um die Trauben zu ernten. Der Anhänger von Opas großem Traktor füllte sich mit den prallen, violett glänzenden Früchten, während wir lachten, sangen und die warme Herbstsonne auf der Haut spürten. Ich durfte dabei sein, mittendrin im emsigen Treiben, und abends, wenn die Arbeit getan war, versammelten wir uns im kühlen, geheimnisvollen Kellergewölbe unter dem alten Tunnel. Der Weinkeller war eine Welt für sich, erfüllt von einem ganz eigenen Zauber. Die Luft roch schwer und modrig, durchzogen von einem süßlich-bitteren Geruch nach gärendem Wein und geräuchertem Fleisch. In einer Ecke hingen Schinken, die langsam trockneten, in einer standen die riesigen Fässer, die mit jungem Wein gefüllt wurden. Ich erinnere mich noch an Opas konzentriertes Gesicht, wenn er den Süßegrad des Mostes prüfte – ein fast feierlicher Moment. Wenn alles stimmte, rief er nach Oma, die ihm flink und sicher beim Umfüllen half. Alles musste sehr präzise geschehen, immer kam es auf den rechten Zeitpunkt an. Am liebsten aber mochte ich die stillen Momente mit Opa. Wir saßen auf grob abgesägten Baumstümpfen rund um das Feuer, das warm in der kühlen Dunkelheit des Kellers flackerte. Manchmal spielten wir Karten, ein altes Spiel namens Briscola, das ich von ihm lernte. Oft waren Freunde dabei, die uns Gesellschaft leisteten, während wir auf den entscheidenden Augenblick warteten, in dem der Weintrester bereit war, um daraus den ersten Tropfen Grappa zu destillieren.

Diese Stunden mit Opa, das sanfte Leuchten des Feuers, die Mischung aus Arbeit und Feier, waren für mich das Schönste. Sie trugen einen Hauch von Ewigkeit in sich, als ob die Zeit in jenem Keller für einen Moment den Atem anhielt. Heute noch kann ich den Herbst riechen, so lebendig ist die Erinnerung an diese unvergessenen Tage.

Vor dem Krieg hatte Opa einen Großteil seiner Ernte an die Weinbaugenossenschaft geliefert. Auszahlungen aus diesen Geschäften, die von damals noch ausstanden, standen ihm über Jahre nach dem Krieg noch zu. Immer wieder bekam er tröpfchenweise etwas Geld, das reichte für uns allerdings nicht ansatzweise zum Leben. Zum Glück hatten wir Reserven auf der Bank, und meine Mutter, die als Winzerin in die Fußstapfen ihres Vaters getreten war, sich aber eher betriebswirtschaftlich, in der Vermarktung und im Management, spezialisiert hatte, half hier und dort aus. Stellen, an denen sie früher gearbeitet hatte, gab es zum Teil nicht mehr, alles musste sich nach dem Krieg erst neu sortieren. Unser Dasein zuhause begann sehr rudimentär. Und auch die öffentlichen Auflagen bestanden weiterhin, der Krisenstab hatte die abendliche Polizeistunde verordnet, um die Angreifer nicht aufs Neue zu provozieren. Ab einundzwanzig Uhr durften wir kein Licht anschalten beziehungsweise mussten die Fenster komplett verdunkeln, niemand durfte dann mehr das Haus verlassen. Ich erinnere mich, wie ich beim Schein einer Kerze Klavier übte. Ich konnte kaum die Noten lesen. Die Angst vor einer Rückkehr der Serben war groß, unsere Nächte waren nie gut. Wir schliefen kaum je durch, ständig lauschten wir mit einem Ohr, ob nicht doch die Sirenen aufheulen würden. Immer wieder hörten wir Raketen durch den Himmel zischen und in der Ferne einschlagen.

Es dauerte fast ein ganzes Jahr, bis das Leben wieder einigermaßen in die Normalität zurückkehrte. Die Kriegsspuren waren auch dann noch deutlich sichtbar, die immense Zerstörung konnte so schnell nicht behoben werden. Und vor allem die seelische Zerstörung belastet die Menschen bis heute.

Von unserem Dorf aus fuhr ich wieder mit dem Schulbus nach Dubrovnik. Die Küstenstraße war durch Bomben so verwüstet, dass sie an einer Stelle lange Zeit für den Verkehr nicht passierbar war. Der Bus hielt dort, wir mussten bei Wind und Wetter aussteigen, zu Fuß über die Trümmerberge steigen und in einen anderen Bus wechseln, der uns dann den zweiten Teil der Strecke bis in die Stadt fuhr. Bestimmt ein Jahr lang hatten wir diese Hürde zu meistern. Die Strecke war insgesamt dreißig Kilometer lang, die Fahrt dauerte locker eine Stunde. Ich kam abends sehr spät heim, manchmal wurde es richtig knapp mit der Polizeistunde, und ich war froh, wenn ich unser Haus endlich erreicht hatte.

Mein Opa lebte noch fast zwei Jahrzehnte in unserem Haus, ein stiller Wächter der Erinnerungen, bevor das Schicksal unerwartet zuschlug. Es war ein gewöhnlicher Nachmittag, als meine Oma ihn nach seinem Mittagsschlaf rief. Sie wollte mit ihm Kaffee trinken, so wie die beiden es immer taten. Doch dieses Mal kam keine Antwort. Als sie ihn fand, lag er bewusstlos in seinem Bett. Ein Schlaganfall, sagten die Ärzte später. Ich war zu diesem Zeitpunkt bereits in Deutschland, weit weg von den Hügeln, die uns so viel bedeutet hatten. Der Anruf meiner Oma riss mich aus meinem Alltag. Ihre Worte hallten in mir wider, schwer und endgültig. Mein Mann und ich zögerten keine Sekunde. Wir packten das Nötigste und fuhren los, ohne Pausen, ohne Schlaf. Jede Stunde, jede Minute fühlte sich wie ein Wettlauf gegen die Zeit an. Ich musste bei meinem Opa sein. Für mich war er mehr als nur ein Opa. Weil ich ohne meinen Vater aufwuchs, hatte er dessen Rolle übernommen, ohne jemals darüber zu sprechen. Er war meine Stütze, mein Vorbild, mein Ersatzvater. Die Liebe, die ich für ihn empfand, war tief und grenzenlos. Und jetzt lag er im Krankenhaus, in einem Zustand, der ihn so fern und doch so nah sein ließ. Sie sagten, er sei im Koma, er würde nicht reagieren. Aber als ich an seinem Bett saß und seine Hand nahm, wusste ich, dass sie sich irrten. Seine Haut fühlte sich kühl an, seine Finger schlaff. Doch ich spürte, dass er mich wahrnahm. „Ich bin da, Opa", flüsterte ich leise, damit nur er es hören konnte. „Alles wird gut." Meine Stimme brach, als ich hinzufügte: „Wenn du mich hören kannst, drück meine Hand." Und dann spürte ich es: ein leichtes, fast unmerkliches Zucken, ein Druck, der kaum mehr war als ein Hauch – aber es war da. Mit letzter Kraft antwortete er mir. Mein Herz zog sich zusammen vor Schmerz und Freude zugleich. Er war noch da, mein Opa.

Ich hielt seine Hand fest, wie ich es als Kind getan hatte, wenn wir über die Felder liefen. So fest, dass ich ihn nicht verlieren konnte, nicht verlieren wollte. Minuten wurden zu Stunden, und ich ließ seine Hand nicht los. Es war, als könnte ich ihn durch die bloße Berührung zurückholen. Doch sein Körper lag reglos da, wie ein Schiff, das den Sturm überstanden hatte, aber nicht mehr segeln konnte. Zugleich war da immer noch diese Stärke. Selbst in seiner Schwäche, in der Stille des Krankenzimmers, strahlte er eine Präsenz aus, die mich tief berührte. Mein Opa, mein Fels, meine sichere Zuflucht – selbst jetzt, wo er dem Leben entglitt, war er immer noch derselbe Mann, zu dem ich mein ganzes Leben lang aufgeschaut hatte. Es brach mir das Herz, ihn so zu sehen, und doch war ich unendlich dankbar für diesen Augenblick, diesen letzten Beweis seiner Kraft und unserer unzerstörbaren Verbindung.

In jener Nacht, als ich schließlich schweren Herzens, erschöpft und übermüdet von der weiten Autofahrt ohne Pause und ohne Schlaf das Krankenhaus verließ und mich auf den Weg zurück ins alte Steinhaus machte – das Haus, unser Haus, in dem ich aufgewachsen war –, geschah es. Mein Großvater hörte auf zu atmen. Ein leiser, endgültiger Moment, als hätte er gewartet, bis ich bei ihm war, bis unsere Hände sich ein letztes Mal miteinander verbanden. Es fühlte sich an, als hätte meine Nähe ihm Frieden geschenkt. Eine stille Erlaubnis: *Jetzt darfst du loslassen. Jetzt darfst du einschlafen.*

Ich war dankbar, bei ihm gewesen zu sein, ihn noch einmal berührt, noch einmal gespürt zu haben. Und doch nahm ich wahr, wie sich tief in mir eine unerträgliche Leere ausbreitete. Wie eine Welle, die alles fortspült, stieg die Traurigkeit in mir auf. Sie wuchs und wuchs, bis sie sich wie ein unaufhaltsamer Vulkan entlud. Alle aufgestaute Liebe, alle Erinnerungen, die ich an meine Kindheit mit meinem Opa verband, brachen aus mir heraus. Die ersten Tränen kamen zögerlich, doch dann konnte ich nicht mehr aufhören. Es war, als weinte ich um alles, was je gewesen war – um die

Felder, die wir gemeinsam bestellt, um die Geschichten, die er mir erzählt, um die Wärme, die er immer ausgestrahlt hatte. Es war, als würde ich um meine eigene Kindheit weinen, um all die Jahre, die wir miteinander geteilt hatten und die nun unwiederbringlich vergangen waren.

Ich saß dort im alten Steinhaus, das jetzt fremd und leer wirkte, und ließ den Tränen ihren Lauf. Es war ein bitterer Schmerz, der mir die Brust zuschnürte, doch zugleich fühlte es sich richtig an. So viel Traurigkeit konnte nicht lautlos bleiben. Und auch wenn ich wusste, dass mein Opa jetzt in Frieden war, konnte ich nicht anders, als den Verlust zu betrauern. Denn mit ihm war ein Teil von mir gegangen – der Teil, der immer an ihn glauben würde, an seine Kraft, seine Güte und an die unerschütterliche Liebe, die er mir geschenkt hatte.

Löchrige Mondlandschaft

Lange Zeit habe ich nicht bemerkt, wie sehr mich das Kriegserleben geprägt hat. Und wie sehr es mich mitgenommen hat. Das Leben ging damals einfach weiter. Nichts Außergewöhnliches. Für mich war es so, wie es war. Aber je älter ich werde, umso mehr spüre ich – überraschenderweise – die Nachwirkungen. Als der Ukrainekrieg begann, dachte ich: Jetzt geht es wieder los! Auf einmal waren die Bilder aus der Vergangenheit wieder so nah, so präsent, und mir war klar: Das alles ist nicht weit weg! Innerlich bekam ich Panik: Was, wenn es wieder passiert? Wenn es MIR wieder passieren würde?

Mir wurde bewusst, welch tiefe Spuren das Kriegsgeschehen in mir hinterlassen hat, auch wenn ich bislang keine schwerwiegenden psychischen Störungen an mir wahrgenommen hatte. Wenn ich in der Universität oder im Freundeskreis davon erzählte, staunten alle: „Das sind Geschichten, die wir sonst von unseren Großeltern aus dem Zweiten Weltkrieg hören!" Wenn ich mir vorstelle, meine Tochter müsste so etwas durchmachen, fände ich das furchtbar.

Es war wirklich schlimm. Oft habe ich das Gefühl, als würde ich erst jetzt realisieren, was mir in so jungen Jahren passiert ist. Als hätte ich das Ganze damals wie in einem Nebel wahrgenommen. Ich habe immer gesagt: „Mein Schicksal war kein Einzelschicksal. Ich war nicht dafür verantwortlich, es ging allen so. Es war nicht toll, aber wir mussten uns damit arrangieren. Es gab keine andere Wahl, wir versuchten, das Beste daraus zu machen. Wir versuchten, im Ausnahmezustand unbeirrt weiterzuleben – das war einfach selbstverständlich."

Damals schon dachte ich: Ich würde gern darüber schreiben! Nicht als Klagelied, sondern als Erzählung eines Teenagers, der im Krieg aufgewachsen ist. Einfach nur darstellen, wie es war. Davon, wie auch dann, unter solchen Umständen, das Leben seine „Normalität" entwickelt. Eine Geschichte vom Leben. Darüber, wie unterschiedlich das Leben sein kann. Eine Geschichte davon, wie man mit sechzehn Jahren auf dem Weg zur Schule zwischen den Granaten tanzt, um lebend und ohne Verletzungen zurück in seine Notunterkunft – die man „Zuhause" nennt – zurückzukehren.

Dann wieder wurde ich unsicher: Es gibt doch viel tragischere Geschichten als die meine. Natürlich. Es gibt unendlich viele Geschichten. Und jede ist einzigartig. Aber nicht alle werden erzählt. Und selbst wenn – jeder empfindet anders, das ist das Schöne daran. Daher entschied ich mich, meine Geschichte aufzuschreiben. Weil diese Geschichte für mich doch so besonders und tiefgreifend ist. Weil es MEINE Geschichte ist.

Manchmal staune ich selbst darüber, wie stark die Menschen berührt sind, wenn ich aus meinem Leben erzähle – von den Erfahrungen, die mich geprägt haben.

Da, wo ich herkomme, leben zweitausend Menschen. Das Dorf liegt in der Nähe des Flughafens in Dubrovnik. Es ist wunderschön dort, alles leuchtet grün, die Straßen und Wege sind von Zypressen gesäumt, es gibt Weingüter und Kiefernwälder. Wie in der Toskana. Mit dem Auto sind es keine zehn Minuten zum Meer. Dort ging ich zur Schule. Einen Kindergarten gab es zu meiner Zeit nicht. Ich war bei meinen Großeltern zuhause, in der Umgebung waren genügend Kinder zum Spielen. Mit fünf Jahren besuchte ich eine Art Vorschule, die in einem Bus stattfand. Dieser Bus, der in der Farbe Neongrün lackiert war, war innen eingerichtet wie ein Kindergarten: mit kleinen Tischen, kleinen Stühlen, Gardinen an den Fenstern, zwei Schränken, in denen Spielzeug und Bastelutensilien untergebracht waren. An einer Theke bekamen wir Wasser oder Tee zu trinken. Es gab eine winzige Teeküche, in der kleine Snacks vorbereitet werden konnten. Der Bus fuhr von Dorf zu Dorf und holte überall Kinder ab. Wir sprangen während der Fahrt herum und spielten, bis der Bus irgendwo stehenblieb, wo wir Picknick machten oder auf einen Spielplatz gingen. Danach fuhren wir weiter, eine ganze große Runde. Heute wäre so etwas gar nicht mehr denkbar.

Mit sechs Jahren kam ich in die alte Schule, in der schon meine Mutter gelernt hatte. Einige meiner Lehrer hatten sie unterrichtet, jeder im Dorf kannte jeden. Ich wollte als Kind unbedingt Klavier spielen, das hatte ich schon mit drei Jahren beschlossen. Alle um mich herum waren musikalisch. Mein Opa machte Musik auf dem Akkordeon, seine Jagdfreunde und Menschen aus der Nachbarschaft besuchten ihn mit ihren Gitarren, häufig trafen sie sich am Feuer und sangen dazu: Kirchenlieder, Volkslieder, Jahreskreislieder. Meine Familie war wirklich gastfreundlich. Alle mochten die Lebendigkeit im Haus, es kamen immer viele Leute zu Besuch. Viele von ihnen sangen wunderschön, genau wie ich, aber niemand hatte ernsthaft beruflich mit Musik zu tun. Als mein Wunsch immer stärker hervortrat, bekam ich ein Kinderklavier – mit nur zwei Oktaven – geschenkt und konnte mit einem Finger die Melodien, die meine Großeltern sangen, nach Gehör spielen. In der Kirche begann ich manchmal mitten in der Prozession, wenn es mir langweilig wurde und ich nicht mehr stillsitzen konnte, Lieder zu singen, die ich aus dem Radio kannte. Dann drehten sich alle erstaunt zu mir um und lachten.

Als ich in der ersten Klasse war, redete meine Musiklehrerin – die ebenfalls schon meine Mutter unterrichtet hatte – meiner Mutter ins Gewissen: „Du machst einen großen Fehler, wenn du deine Tochter nicht in die Musikschule gibst! Sie ist wirklich begabt, und sie möchte unbedingt Klavier spielen." Damals gab es in meiner Heimat keine Musikschulen wie in Deutschland, wo die Kinder einfach eine Stunde in der Woche hingehen, um ein Instrument zu lernen. Begabte

Kinder gab man an vier Nachmittagen in der Woche in eine Musikschule, in der sie Instrumente spielen lernten und theoretischen Unterricht bekamen – mit Zeugnissen und allem, was dazugehörte.

Ich war aber sehr oft krank als Kind: Erkältung, Halsschmerzen, sogar Lungenentzündung. Häufig bekam ich ein Antibiotikum und Penicillin. Die Fläschchen sammelte ich und bewahrte sie auf. Wegen dieser Infekt-Anfälligkeit war meine Mutter der Meinung, sie könne mich nicht zur Musikschule in die Stadt geben. Es fuhren nur zwei Busse dorthin: einer morgens, einer abends, und dieser weite Weg sei zu anstrengend für mich. Eher war sie geneigt, meinen Wunsch als vorübergehende Phase abzutun: „Sie ist klein, sie ist noch ein Kind, da kann sich vieles ändern!"

Nach der Intervention meiner Lehrerin meldete meine Mutter mich schließlich an der Musikschule an. Wenn ich nicht den Bus nahm, fuhr sie mich häufig mittags nach der Schule mit dem Auto in die Stadt. Oft war noch nicht einmal Zeit, zuhause zu essen, dann wartete sie mit dem Auto vor der Schule, meinen gepackten Rucksack für den Nachmittag hatte sie bei sich, und es gab ein Sandwich im Auto. So lernte ich zusätzlich zu meinem Vormittagsunterricht in der Regelschule jetzt Noten- und Harmonielehre, Musikgeschichte und Rhythmik, ich hatte Unterricht auf meinem Instrument und sang im Chor. Es gab Prüfungen, und ich musste mich ernsthaft bemühen. Wenn ich abends gegen acht Uhr zurückkam, musste ich meine

Schulaufgaben für den nächsten Morgen erledigen, wenn ich sie nicht im Bus auf der Rückfahrt schon gemacht hatte. Meine Mutter war immer in Sorge um mich: „Karla ist ständig krank, wie soll sie diese zusätzliche Anstrengung bewältigen?"

In der zweiten Klasse fehlte ich so häufig, dass es hieß: „Es ist unmöglich, dass das Kind das Lernpensum integriert. Sie hat mehr Tage zuhause verbracht als in der Schule." Die Versetzung in die dritte Klasse stand in Frage, obwohl ich allen Stoff nachholte und sehr gute Noten hatte. Es war kritisch. Dieser Zustand blieb fast unverändert, bis man mir mit etwa vierzehn Jahren die Mandeln entfernte. Wir hatten die Operation lange hinausgezögert, weil es sehr unterschiedliche Meinungen dazu gab. Ein Arzt sagte: „Die Mandeln müssen unbedingt entfernt werden!", der andere: „Dann wird sie noch häufiger krank sein!"

Als die OP endlich durchgeführt wurde, war ich alt genug für die lokale Anästhesie. Ich saß bei vollem Bewusstsein auf dem Stuhl, man gab mir das Gefäß in die Hand, in das der Arzt die entnommenen Mandeln fallen lassen würde. Eine Schwester hielt meinen Kopf, die andere meinen Rumpf; ich hatte eine Betäubungsspritze bekommen, dann fing der Arzt an, mit seiner Schere im Rachenraum zu operieren. Natürlich wirkte die Betäubung nicht zu hundert Prozent, ich bekam vieles mit. Es tat weh, und mein Blut spritzte überallhin. Die Situation erinnerte an einen gruseligen Halloween-Film.

Als die erste Mandel in den Behälter plumpste, erschreckte ich mich: Sie sah aus wie eine löchrige Mondlandschaft. Es war offensichtlich, dass nichts Gutes mehr daran war. Ich war so froh, als endlich alles vorbei war. Von diesem Zeitpunkt an wurde ich nicht mehr so oft krank.

Nach meinem Schulabschluss war für mich klar: Ich wollte Musik studieren – und zwar unbedingt. Doch nicht irgendwo, sondern weit weg, am liebsten in Zagreb, der Hauptstadt Kroatiens. Dubrovnik, so schön es auch war, verfügte nicht über eine Musikakademie. Dort hätte ich nur Betriebswirtschaft oder Tourismus studieren können, doch das war nichts für mich. Mein Weg führte mich nach Zagreb: an den Ort, an dem nicht nur meine Zukunft lag, sondern auch meine erste große Liebe inzwischen lebte. Das war ein weiterer, vielleicht sogar heimlicher Grund, weshalb ich so sehr dorthin wollte.

Viele meiner Freunde waren der Meinung: „Wenn ich mit dem Studium erst fertig bin, kehre ich nach Dubrovnik zurück!" Diese Worte erstaunten mich jedes Mal aufs Neue. Zurück? Warum? Wieso sollte man die Chance ergreifen, die Welt zu entdecken, nur um später wieder in die gewohnten Bahnen zurückzukehren? Für mich war das unbegreiflich. Die Welt war riesig, voller Möglichkeiten und Abenteuer. Es gab so viel zu lernen, so viel zu erleben! Wie konnte man sich mit einem Leben zufriedengeben, das man bereits kannte? Für mich ist das unfassbar. Warum anhalten, wenn man weitergehen könnte? Warum sich mit weniger zufriedengeben, wenn das Beste in Reichweite ist? Vielleicht liegt darin meine größte Herausforderung: zu akzeptieren, dass andere anders empfinden. Dass sie Frieden finden in einem Moment, in dem ich noch nach Vollkommenheit suche. Vielleicht ist es gut so, wie es ist – für sie. Bestimmt sogar. Aber für mich bleibt es ein Rätsel. Ich habe nie verstanden, wie Menschen sich mit dem Status quo zufriedengeben können. Für mich fühlt sich das an, als hätte man aufgegeben, als hätte man sich selbst im Stich gelassen. Und genau das wollte ich nie tun.

Dieses Streben nach Perfektion war schon immer mein Antrieb. Ich konnte mich nicht damit zufriedengeben, etwas nur „gut genug" zu machen. Wenn andere sagten: „Das reicht doch so, es ist in Ordnung", sagte ich: „Nein, es ist nicht genug! Es kann immer besser sein!" Für mich gibt es kein Grau, keine Kompromisse. Es gibt nur Schwarz oder Weiß. Das mag anstrengend sein – für mich und für die Menschen um mich herum. Aber ich kann nicht anders. Mittelmaß fühlt sich für mich wie ein Scheitern an.

Mich zog es immer weiter, als ob etwas in mir nie zur Ruhe kommen konnte. Das, was ich hatte, schien mir nie genug. Ich wollte weg, immer weiter weg, so weit, dass alles Vertraute hinter mir blieb. Ein Grund dafür war sicher mein Drang nach Freiheit, aber ein anderer war, dass ich Abstand von meiner Mutter suchte. Wir lebten bei meinen Großeltern, weil sie alleinerziehend war, und unser Verhältnis zueinander war schwierig. Es gab Dinge in unserer Familie,

Geheimnisse aus meiner Kindheit, die wie verschlossene Türen zwischen uns standen. Türen, die ich bis heute nicht öffnen kann – und von denen ich nicht einmal sicher bin, ob ich es will. Meine Mutter spricht darüber nicht. Sie hat diese Dinge tief in sich vergraben, so tief, dass nicht einmal ihre eigenen Schwestern Zugang dazu finden. Wenn man sie darauf anspricht, weicht sie aus, blockt ab. Es ist, als würde sie eine unsichtbare Mauer errichten, die niemand überwinden darf. Für mich war diese Mauer ein weiteres Zeichen dafür, dass ich fortmusste, weg aus diesem engen Netz unausgesprochener Worte und ungelöster Konflikte.

Vielleicht war das Studium in Zagreb weniger eine Flucht als vielmehr eine Suche: nach mir selbst, nach einem Platz, an dem ich atmen konnte und an dem ich wirklich ich sein durfte.

Der Brief meines Vaters

Die Geschichte meiner Eltern klingt wie in einem Roman, sie ist voller großer Gefühle – ein leidenschaftliches Kapitel, das eines Tages abrupt abbrach.

Mein Vater war ein unglaublich gutaussehender Mann, zwischen ihm und meiner Mutter muss es einmal eine tiefe, überwältigende Liebe gegeben haben. Sie heirateten jung, waren voller Hoffnung, voller Träume. Bald darauf wurde ich geboren. Alles schien perfekt, fast märchenhaft. Doch eines Tages ging mein Vater – angeblich – nur kurz vor die Tür. Und er kehrte nicht zurück.

Meine Mutter behauptet, danach habe es keinerlei Kontakt mehr zwischen ihnen gegeben. Das ist die einzige Version der Geschichte, die ich mein Leben lang kannte. So wurde es mir erzählt, immer wieder, ohne weitere Details. Schon als Kind hegte ich Zweifel an dieser Version der Geschichte, und je älter ich wurde, desto weniger konnte ich an diese Erzählung glauben. Es klang zu simpel, zu lückenhaft, um die ganze Wahrheit zu sein. Heute, wo ich selbst Mutter bin, verstehe ich umso mehr, dass etwas daran nicht stimmen konnte. Eine wichtige Frage lässt mich nicht los: Wie konnte es zur offiziellen Scheidung kommen, wenn meine Eltern nie wieder Kontakt hatten? Spätestens bei diesem Termin mussten sie sich doch begegnet sein, mussten sie miteinander gesprochen haben, um die Dinge zu regeln?

Meine fünf Jahre jüngere Cousine Eva erzählte mir später, dass meine Mutter nach der Trennung einen Nervenzusammenbruch erlitten habe. Sie sei hochdepressiv gewesen, unfähig, den Schmerz zu bewältigen. Das Drama, so Eva, müsse sich wenige Monate nach meiner Geburt abgespielt haben. Doch wie alt ich damals genau war, darüber schweigt die Familie – oder vielleicht weiß es auch niemand mehr. Ich hörte auch das Gerücht, mein Vater hätte meine Mutter mit einer anderen Frau betrogen und sei mit ihr gegangen.

Es gibt Hochzeitsfotos, auf denen meine Eltern jung und glücklich wirken. Ich habe Bilder von meinem Vater gesehen, und viele Jahre später durfte ich ihn auch persönlich treffen. Doch die Einzelheiten bleiben bis heute im Dunkeln. Es ist, als hätte jemand bewusst die Vergangenheit ausgelöscht. Viele Fotos fehlen in den Alben, sind herausgenommen, versteckt, vielleicht vernichtet. Ich weiß nicht, wo sie sich befinden oder wer sie an sich genommen hat. Diese Lücken tun weh. Ich wünschte mir, die ganze Geschichte zu kennen, doch sie wird mir vorenthalten, und das hinterlässt einen bitteren Geschmack. Wäre ich in der Lage meiner Mutter gewesen, ich hätte meiner Tochter die Wahrheit erzählt – vielleicht nicht sofort, aber irgendwann, wenn sie alt genug gewesen wäre, um alles zu verstehen. Doch meine Mutter schweigt. Sie blockt ab, und die offenen Fragen bleiben wie ein unvollendetes Lied, dessen letzte Strophe niemand kennen darf.

Oft denke ich: Fragt sich meine Mutter eigentlich nie, ob ich ihr diese Geschichte abnehme? Glaubt sie wirklich, ich sei noch immer das kleine, gutgläubige Kind, das alles für bare Münze nimmt und ihr Märchen schweigend akzeptiert?

Nachdem mein Vater fortgegangen war, kamen die Eltern meiner Mutter immer häufiger zu Besuch. Es dauerte nicht lange, bis sie erkannten, dass ihre Tochter den Alltag kaum bewältigen konnte. Sie war zu schwach, zu niedergeschlagen, um sich um mich zu kümmern. Sie nahm Tabletten und kämpfte gegen einen inneren Sturm, der sie völlig überforderte. Mein Opa war es, der schließlich entschied: „So geht das nicht weiter. Ihr kommt zu uns. Wir kümmern uns um euch."

Von da an wurde das Haus meiner Großeltern mein Zuhause. Meine Oma und mein Opa wurden zu meinen eigentlichen Eltern. Wir lebten zu viert zusammen, und meine Bindung zu ihnen wuchs mit jedem Jahr. Besonders die zu meiner Oma. Als meine Mutter später häufig auswärts arbeiten ging, wurde diese Beziehung noch intensiver. Meine Großeltern gaben mir die Stabilität, die meine Mutter in jener schwierigen Zeit selbst nicht fand. Es war ein Zuhause, das zugleich Schutz und Stille bot – ein Ort, der mir half, die Schatten der Vergangenheit zu bewältigen. Doch die Fragen blieben. Und mit ihnen das Gefühl, dass ein Teil meiner Geschichte irgendwo hinter verschlossenen Türen verborgen lag.

Meine Oma war mein Anker, meine Zuflucht, ihre Erscheinung in jeder Hinsicht unvergleichlich. Schlank und zierlich, beinahe wie eine Fee, schien sie durch die Welt zu gleiten, umgeben von einer Aura aus Licht und Sanftmut, von außergewöhnlicher Anmut und Herzenswärme. Ihr Gesicht war schmal, mit edlen, klaren Zügen, die von einer tiefen Güte zeugten. Ihre langen braunen Haare, durchzogen von silbernen Strähnen, trug sie stets in einem sorgfältig gebundenen Dutt, der ihre natürliche Eleganz unterstrich. Ihre Augen, große, dunkelbraune Juwelen, leuchteten in einer Wärme, die jeden Raum erfüllte. Sie schienen alle Sorgen fortzuwischen und zugleich alle Geheimnisse des Lebens zu kennen. In ihnen lag eine tiefe Weitsicht und ein Verständnis für die Welt und die Menschen, das nicht in Worte zu fassen war. Sie war von einer Weltoffenheit, die es ihr ermöglichte, jeden Menschen so anzunehmen, wie er war. Ihre Weisheit war sanft, niemals belehrend, sondern wie ein stiller Fluss, der alles um sich herum nährte. Wenn ich in der Schule gefragt wurde: „Wie alt ist eigentlich deine Oma, sie sieht so jung aus?", antwortete ich jahrelang: „Sie ist sechsundfünfzig." Inzwischen weiß ich, dass sie nur zweiundvierzig Jahre älter war als ich.

Unser Zuhause spiegelte ihr Wesen wider – es war ein Ort der Wärme und Geborgenheit, stets makellos und ordentlich, ohne je steril zu wirken. Es fühlte sich an, als sei jedes Detail mit Liebe gestaltet. Ihre Hände, zierlich wie der Rest ihres Körpers, waren immer beschäftigt, ob beim Stricken feiner Muster oder beim Zubereiten köstlicher Mahlzeiten. Sie kochte mit einer Hingabe, die man schmecken konnte, als fließe ein Teil ihrer Seele in jedes Gericht. Der Duft von frischem Gebäck, würzigen Kräutern und liebevoll zubereiteten Speisen war ein ständiger Begleiter in ihrem Haus.

Mit einer Hingabe, die ihresgleichen suchte, führte meine Großmutter den Haushalt. Sie war ein wahrer Wirbelwind der Handwerkskunst, ihre Hände stets geschäftig, ihre Finger feinfühlig und geschickt. Ob nähen, schneidern oder sticken – es gab nichts, was sie nicht mit äußerster Präzision und einem natürlichen Sinn für Ästhetik zu vollbringen wusste. Wie viele Frauen aus ihrer kroatischen Heimat fertigte sie vieles in Handarbeit an, doch bei ihr schien es immer ein wenig kunstvoller, ein wenig perfekter zu sein.

Besonders stolz war sie auf die traditionellen Handarbeiten, die von Generation zu Generation weitergegeben wurden. Die Tischdecken, die sie schuf, waren nicht bloß Alltagsgegenstände, sondern wahre Kunstwerke. Mit feinen, sorgfältig gesetzten Stichen arbeitete sie die überlieferten Muster in leuchtenden Farben ein. Diese Techniken, die heute kaum noch jemand beherrscht, waren für sie mehr als Tradition: Sie waren tiefer Ausdruck einer stolzen Identität.

Auch die prachtvollen Konavle-Trachten entstanden unter ihren geschickten Händen. Diese traditionellen Gewänder zeigten sich in einer Symphonie aus strahlendem Weiß, kräftigem Rot und warmem Gelb, durchzogen von schwarzen Kontrasten, die die Muster noch klarer hervortreten ließen. Jede Stickerei, jede Naht war kompliziert und voller Bedeutung, ein Ausdruck jahrhundertealter Kultur. Wenn meine Oma von der Bedeutung der Trachten sprach, glänzten ihre großen Augen. Es war genau festgelegt, welche Farben und Formen einer jungen Frau zustanden, welche einer verheirateten Frau und welche einer Witwe. Diese Gewänder forderten eine Haltung von ihrer Trägerin: Die enge Schärpe, die um die Taille gebunden wurde, zwang die Frauen, sich aufrecht zu halten. So entstanden nicht nur Kleider, sondern zugleich ein Bild der Würde und Eleganz, das die Frauen als stolz und edel erscheinen ließ. Zum Schmuck gehörten goldene Ohrringe, wie sie seit Jahrhunderten in der Region getragen wurden: kunstvoll gearbeitete Kreolen aus Gelbgold, von denen kleine Perlen wie Tränentropfen herabhingen. Diese Schmuckstücke waren nicht nur Zierde, sondern auch Träger von Geschichten und Erinnerungen. Meine Oma besaß ein solches Paar, das sie mir eines Tages voller Stolz übergab. „Diese Ohrringe sind Teil unserer Geschichte", sagte sie und streckte sie mir in ihren zierlichen Händen entgegen. Auf einer der Kreolen konnte man eine kleine Delle erkennen – ein stiller Zeuge eines Reitunfalls, den sie in ihrer Jugend erlitten hatte. Ich trage diese Ohrringe voller Ehrfurcht, gerade wegen ihrer Macken. Sie erzählen von der Stärke meiner Oma, von ihrer Ausdauer, ihrem Leben. Sie sind für mich wie ein Stück von ihr, eine Verbindung zu ihrer Welt, die ich mit Stolz bewahre.

Es war nicht nur ihre Fähigkeit, ein Zuhause zu schaffen, die meine Oma so besonders machte. Es war ihre bedingungslose Güte, die in allem spürbar war, was sie tat. Sie begegnete jedem mit einem Lächeln, das Trost und Hoffnung schenkte, und ihre Worte waren stets ein Quell der Ermutigung. Stolz und Grazie gingen bei ihr Hand in Hand. Sie stand immer mit geradem Rücken da, voller Würde, und doch strahlte sie eine Zugänglichkeit aus, die Menschen anzog und dazu führte, dass sie sich auf besondere Weise in ihrer Umgebung besser fühlten. Junge wie alte Menschen. Meine Oma schien mir wie eine Urkraft aus der Natur und zugleich ein fast überirdischer Inbegriff von Liebe und Anmut, der die Welt um sich heller machte. Sie bleibt für mich das schönste Vorbild eines warmherzigen, weitsichtigen und zutiefst guten Menschen.

Ich sah meiner Oma sehr ähnlich. Ihre Liebe zu mir war wie ein stilles Versprechen, das sie jeden Tag aufs Neue hielt. Es war eine Liebe, die mich umfing, wärmte und tröstete, ohne je fordernd zu sein. Sie war immer da – eine konstante, sanfte Präsenz, die sich wie ein schützender Mantel um mein Leben legte. Ihre Fürsorge war nicht laut, nicht überbordend, sondern in ihrer leisen Kraft allumfassend. Wenn sie mich ansah, spürte ich, wie sehr ich in ihrem Herzen verankert war. Ihre großen, leuchtenden Augen, dunkel wie Schokolade, schienen voller Geschichten und Träume, die sie mir schenkte, ohne ein Wort zu sagen. Sie verstand mich, oft noch bevor ich selbst wusste, was ich fühlte. Ihre

Stimme, sanft und melodiös, war wie eine Umarmung, die mich in Momenten von Unsicherheit und Angst auffing. Sie wusste immer genau, was ich brauchte. Wenn ich krank war, bereitete sie mir eine heiße Brühe, die mehr heilte als nur meinen Körper. Wenn ich traurig war, setzte sie sich neben mich, strickte still und ließ mir die Zeit, meine Traurigkeit zu teilen. Sie hatte diese unnachahmliche Art, Trost zu spenden, ohne viel zu sagen – ihre bloße Gegenwart war genug. Ihre mütterliche Liebe zeigte sich in tausend kleinen Gesten. Sie brachte mir das Stricken bei, obwohl meine Finger am Anfang tollpatschig über die Wolle stolperten. „Jede Masche ist wie ein Schritt durchs Leben", ermutigte sie mich einmal lächelnd, während sie meine unregelmäßigen Versuche zu einem Muster formte. Sie las mir Geschichten vor, ihre warme Stimme ließ die Worte wie Magie erklingen. Und selbst wenn sie müde war, legte sie nie die Hände in den Schoß, sondern sorgte dafür, dass ich mich geliebt und geborgen fühlte. In ihrer Welt war Liebe eine Tat, keine Theorie. Sie zeigte sie, indem sie mein Lieblingsgebäck zubereitete, mir Blumen aus dem Garten pflückte oder geduldig neben mir saß, während ich meine Schulaufgaben erledigte. Selbst ihre Strenge, wenn ich etwas falsch gemacht hatte, war voller Güte. „Ich will, dass du groß, stark und stolz wirst", sagte sie dann, und ihre Augen funkelten vor Stolz.

Ich war ihr Ein und Alles, das wusste ich. Doch nie ließ sie mich das spüren, als wäre es eine Bürde. Ihre Liebe war frei, großzügig, bedingungslos. Sie trug mich durch die Höhen und Tiefen meiner Kindheit, und ich erlebte sie als sicheren Hafen, den man immer erreichen kann, egal, wie stürmisch das Meer ist. Ihre Liebe war wie sie selbst – sanft, weise und unerschütterlich. In mir lebt sie bis heute fort.

Nicht nur im Haus lernte ich viel von meinen Großeltern, ich ging mit ihnen auch aufs Feld. Wenn Opa Kartoffeln setzte, goss Oma jeweils danach Wasser in die Löcher, ich lief hinterher und holte die Kartoffeln wieder raus und setzte sie falschherum wieder in die Erde, ich wollte auch mitarbeiten. Oma und Opa nahmen das mit Humor, wir hatten großen Spaß. Einmal saß ich oben auf dem Trecker und musste mitten auf dem Feld Pipi. Oma hob mich herunter von dem Anhänger, ich machte zwei Schritte und bückte mich, sprang aber sofort wieder auf, als mich das Gras kitzelte. „Nein, hier möchte ich nicht", rief ich, „und da auch nicht …" Es dauerte ewig, bis wir eine Stelle fanden, an der es ging, danach wollte ich schnell wieder auf den Trecker, damit mich nichts berührte. Solange ich mich zurückerinnern kann, hatte ich panische Angst vor allem, was krabbelt. Als wäre ich eigentlich in einer Großstadt aufgewachsen. Häufig nahm ich meine Puppe mit in die Weinberge und setzte sie sorgsam an eine Rebe; ich sagte: „Die passt jetzt auf!"

Wenn ich in der Schule darauf angesprochen wurde, ob es schwer sei, ohne Vater aufzuwachsen, dachte ich: Vielleicht ist es so viel leichter, als wenn es mit den Eltern lange schön gewesen wäre, und auf einmal lassen sie sich scheiden und der Vater geht weg. Meiner war immer weg gewesen, ich kannte es nicht anders. Darüber zu reden, war fein für mich. Ich hatte Oma und Opa, mir hat – zumindest bewusst – nichts gefehlt. Bestimmt hat mir etwas gefehlt, würde ich heute sagen, natürlich gehören beide Eltern zu einem Kind! Aber als ich klein war, spielte das einfach keine Rolle. Ich war nicht schlimm traurig deswegen. Eigentlich habe ich darüber gar nicht nachgedacht.

Kurz vor meinem dreizehnten Geburtstag fragte meine Mutter mich völlig unerwartet, ob ich meinen Vater würde sehen wollen. Für einen Augenblick fragte ich mich: Wie kommt sie jetzt auf diese Idee? Ich wunderte mich sehr über diese plötzliche Wendung, hatte meine Mutter mir doch immer erzählt, mein Vater sei einfach weggelaufen, sie habe keine Ahnung wohin und hätte keinerlei Kontakt zu ihm. Aber ich traute mich nicht, weitere Fragen zu stellen, sondern sagte einfach Ja zu ihrem Vorschlag. Auch wenn mich bisher nichts mit meinem Vater verband. Ich sah kein Problem darin, ihn zu treffen.

Bis heute weiß ich nicht, wie es überhaupt zu dieser Verabredung kam. Die Situation überraschte mich aus heiterem Himmel, mein Vater war nie präsent gewesen, und meine Mutter hatte nie mit mir über ihn gesprochen. Wenn ich selbst ihn erwähnte oder nachfragte, hatte sie immer unwirsch reagiert und mich weggeschoben: „Weshalb willst du das wissen? Er hat dich doch verlassen!" Als hätte sie Angst, dass ich womöglich zu ihm wollen würde. Dass ich am

Ende sie verlassen wolle. Oder hatte sie womöglich Angst, ich würde die wahre Geschichte erfahren? Wenn sie sauer auf mich war, warf sie mir immer wieder vor: „Du bist wie dein Vater!" Als Kind habe ich das geschluckt, später traute ich mich manchmal, den Mund aufzumachen. Ich konnte es nicht mehr ertragen. „Du hast ihn doch geheiratet! Und abgöttisch geliebt! So schlecht kann er nicht gewesen sein! Ist doch gut, wenn ich so bin wie er. Er ist mein Vater!" Auf welche Weise er sich zu diesem Zeitpunkt plötzlich gemeldet hatte, ist mir bis heute ein Rätsel. Durch meine Cousine erfuhr ich inzwischen, mein Vater habe damals zu uns zurückkehren wollen. Meine Mutter aber habe das abgelehnt: „Du kannst deine Tochter sehen, wenn sie selbst das möchte, mehr nicht." Wir trafen uns dann tatsächlich zu dritt – ein paar Wochen vor meinem dreizehnten Geburtstag. Ich weiß, es war für mich ein schöner Tag mit meinem Vater, aber ich habe kaum Erinnerung an Einzelheiten. Ich sehe vor meinem inneren Auge, wie er gekleidet war: Er trug eine dunkelblaue Jeans, ein weißes Hemd und hatte einen dunkelblauen Pullover lässig um seine Schultern gebunden. Natürlich sah er älter aus als auf den Bildern, die ich von der Hochzeit meiner Eltern kannte. Es lagen immerhin vierzehn Jahre dazwischen. Dennoch sah er sehr jung aus, ich fand ihn hübsch. In seinem Gesicht erkannte ich mich selbst wieder. Und ich erinnere mich an seine Worte. Er entschuldigte sich dafür, dass es so gekommen war, dass er nicht bei mir geblieben war. Er sagte, es sei ihm zu viel geworden. Was genau er damit meinte, konnte ich damals nicht verstehen. Und der exakte Wortlaut ist, wie so vieles, in meinem Kopf regelrecht ausradiert.

Wenn ich an meine Kindheit denke, ist fast alles einfach weg. Doch manchmal, wie aus dem Nichts, kommen mir irgendwelche Szenen ins Gedächtnis, dann muss ich für einen Moment innehalten und kurz überlegen, ob das wirklich so gewesen sein kann. Ich wundere mich oft darüber, doch habe ich keine Ahnung, weshalb das so ist. Vielleicht, weil ich auch sonst im Leben puristisch veranlagt bin, weil ich alles, was ich nicht brauche, wegwerfe und nichts sammle? Vielleicht weil ich denke: Das ist unnötig! Ich möchte nicht viel haben! Ich werfe es lieber über Bord! Oder weil mir sonst einige Erlebnisse noch viel mehr wehtun und mich traurig und melancholisch machen würden?

Wenn ich an diesen Tag mit meinem Vater denke, kann ich nur ein klitzekleines Bild abrufen: Wir drei spazierten am Strand entlang. Ich hatte keine Gefühle für diesen Mann, ich wusste nicht, wie eine Beziehung zum Vater sich anfühlen sollte. Er war nett, er wirkte entspannt und doch etwas aufgeregt, er erzählte von sich und fragte mich, ob ich Lust hätte, ihn in den Ferien mal zu besuchen. Er lebte mittlerweile in Italien. Bei unserem Zusammensein schenkte er mir eine goldene Kette mit Anhänger, auf den eine „13" geprägt war. Es sollte ein Geschenk für meinen Geburtstag sein. Eine Erinnerung an ihn.

Bald darauf bekam ich einen Brief, der an mich adressiert war. Es war ein kindgerechter Umschlag mit der Katze Garfield als Motiv. Ich hatte viele Brieffreundschaften zu jener Zeit, es war für mich nicht ungewöhnlich, Post zu erhalten. Dieser Brief war von meinem Vater unterschrieben – und ich bin mir heute nicht mehr sicher, ob das wirklich stimmte. Er schrieb, er habe sich sehr gefreut, mich zu sehen. Es sei ein schönes Treffen gewesen, und er wolle so gern wieder Teil meines Lebens werden und sein. Er sprach sich dafür aus, dass ich zu ihm ziehen solle, er könne mir ein viel besseres Leben bieten als meine Mutter. Er wisse jetzt, wo ich mich täglich aufhalte und könne jederzeit vorbeikommen, um mich zu sehen. Diese Formulierung fand ich irgendwie komisch, und ich hatte ein mulmiges Gefühl, deshalb zeigte ich meiner Mutter den Briefbogen. Damit war das Thema natürlich sofort erledigt.

Vielleicht gehe ich zu weit, vielleicht bin ich sehr ungerecht, wenn ich mich frage, ob in Wahrheit meine Mutter diesen Brief geschrieben hatte, um das ganze Thema ad acta legen zu können. Alle ihre Reaktionen auf meine Fragen, wenn ich versuchte, Klarheit zu bekommen, zeigten mir, dass sie die Dinge nicht auseinanderhalten konnte. Dass sie die Verletzung, die sie durch ihn erfahren hatte, nicht von mir trennen konnte. Dass womöglich ihre eigenen Schuldgefühle, dass ich ohne Vater aufwuchs, immer zwischen uns standen. Dass sie letzten Endes immer auch mir gegenüber argwöhnisch war und Sorge hatte, ich würde mich am Ende gegen sie stellen oder auch für immer gehen und mich womöglich mit meinem Vater verbünden wollen.

Es gab nach diesem Brief nie wieder Kontakt mit meinem Vater. Er hat sich nie wieder gemeldet – oder vielleicht doch, und ich habe es nie mitbekommen. Und auch ich habe ihn nie wieder erwähnt, habe nie wieder nach ihm gefragt.

Eine Affenliebe

Vor Kurzem traf meine Cousine Eva sich mit einer Freundin, die ihr davon erzählte, mein Vater sei vor zwei Jahren gestorben. „Weiß Karla eigentlich, dass sie einen Halbbruder hat?", fragte sie. Ich hatte davon gehört. Als mein Vater nach meiner Geburt gegangen war, hatte es ihn wohl zu einer anderen Frau gezogen. Angeblich hat er sie und den gemeinsamen Sohn auch wieder verlassen. Die Geschichte wiederholte sich also auf ähnliche Weise. Wie es klang, hatte die Tante der Freundin meiner Cousine in der Umgebung meines Vaters gelebt, deshalb hatte sie etwas Einblick. Der Halbbruder sei sehr musikalisch, er laufe immer mit seiner Gitarre herum. Diese Begabung scheint in der Familie zu liegen. Es kann gut sein, dass mein Vater der Cousin eines sehr bekannten Sängers in meiner Heimat ist. Zumindest wird das so erzählt. Ob ich meinen Halbbruder eines Tages sehen will, habe ich noch nicht entschieden.

Ganz dunkel erinnere ich mich daran, dass wir irgendwann zu einem Bruder meines Vaters fuhren, ich spielte mit meinem Cousin dort Tennis. Ich weiß aber nicht mehr, wie er hieß. Diese Tage habe ich als sehr harmonisch in Erinnerung. Wir verstanden uns auf Anhieb gut, als wären wir im ständigen Kontakt miteinander. Wenn ich aber heute daran denke, oder besser gesagt, wenn ich versuche, diese Tage ins Gedächtnis zu holen, kann ich mich bewusst an nichts erinnern. Ich weiß, dass da noch etwas war und sehe vor mir nur ganz kleine Fragmente. Wie bei einem Zauberbild, das nach wenigen Sekunden einfach verschwindet. Die Gesichter sind in mir wie ausgelöscht. Ich nehme an, das Ganze hat vor dem Treffen mit meinem Vater und vor der Sache mit dem Brief stattgefunden.

All das könnte letztlich nur meine Mutter klären, aber sie ist eine Geheimnisträgerin. Niemand kommt an das heran, was sie so tief in sich verbirgt. Dadurch fehlen mir essentielle Teile meiner eigenen Biografie – und letztendlich auch wichtige Teile meiner Identität. Ich weiß nicht, wann und weshalb mein Vater uns verlassen hat. Ich weiß nicht, ob und wann und unter welchen Umständen er gestorben ist. Ich weiß nichts über sein Leben zwischen diesen beiden Punkten. Von meiner Cousine, meiner Tante oder deren Freunden erfahre ich ab und zu Bröckchen. Angeblich war mein Vater eng befreundet mit dem Vater einer meiner Freundinnen, in dessen Café am Strand wir häufig spielten. Wenn das stimmt, hat er mich dort womöglich tatsächlich beobachtet? Wusste er, wo ich mich aufhielt? Badete er vielleicht sogar den ganzen Sommer lang an demselben Strand wie ich? All das bleibt ein Rätsel.

Jedes Mal, wenn ich in letzter Zeit nach Kroatien gefahren bin, hatte ich die Hoffnung, eine ruhige Minute mit meiner

Mutter zu finden, um sie darauf anzusprechen. Jedes Mal überwog dann meine Sorge, wie sie reagieren möge. Und dann entscheide ich mich letztendlich immer, alle meine Fragen für mich zu behalten und das Thema einfach zur Seite zu legen. Ich wollte keine Dramen um mich herum, ich hatte genug davon.

Zur damaligen Zeit war meine Mutter eine der ganz wenigen alleinerziehenden Frauen in der Umgebung. Ich glaube sogar die einzige. Ohne Mann dazustehen war in unserem kroatischen Dorf eine große Schande, und dieses Dilemma führte zu einem riesigen Druck in ihr. Das spürte ich. Ich war von früh an ein sehr liebes Kind, ich gab mir alle Mühe. Ich habe immer darauf gehört, was ich tun sollte, ich brachte immer Einsen nach Hause, ich war immer die Beste, ich bekam Auszeichnungen – und ich habe all das gern gemacht, es fiel mir leicht. Egal, was ich tat, es war sehr gut, oft sogar perfekt. Und dennoch war es nie gut genug für meine Mutter. Wenn ich mal nur eine Zwei schrieb, was vielleicht zwei- oder dreimal vorgekommen ist, gab es ein riesiges Theater zuhause. Ich konnte es nicht verstehen: Davon hängt doch nichts ab!, dachte ich mir. Es ist doch eigentlich alles gut! Aber es schwang unterschwellig immer mit: „Was würden die Leute sagen, wenn aus dir nichts wird? Du wächst ohne Vater auf, wir müssen erst recht zeigen, dass es auch so geht! Dass man auch so besser sein kann als manche Kinder mit Vater!" Deshalb wurde ich besonders streng erzogen. Obwohl ich braver war als

alle anderen Kinder, durfte ich nichts. Ich durfte nur dafür
sorgen, dass meine Mutter die Lorbeeren dafür bekam, wie
toll sie mich allein erzogen hat, und vor allem, was aus mir
geworden ist. Es war eine verkehrte Welt.

Mich hat dieses Klima erstickt. Wir lebten so eng miteinander, ich fühlte mich oft wie der Ersatzmann meiner Mutter.
Ich nannte es „Affenliebe", und ich konnte sie nicht ertragen. Ich musste raus, um atmen zu können. Eine warme
Mutter-Tochter-Beziehung, von der ich manchmal in Büchern las oder die ich in romantischen Filmen sah, hätte
ich mir sehnlichst gewünscht. Eine Mutter, die sich mit
liebevoller und ruhiger Stimme mit mir unterhält, mir zuhört und mich ernst nimmt. Eine Mutter, die alle meine
Gedanken nachvollziehen kann, meine Sorgen erkennt und
in der Lage ist, die Dinge aus meiner Perspektive zu betrachten. Warum nur konnte es für mich nicht so sein? Ich
habe meine Mutter oft gefragt: „Weshalb kannst du nicht
mit mir reden wie mit deiner besten Freundin? Wieso siehst
du mich nicht?"

Egal, was ich vorbrachte, meine Meinung hat sie nie akzeptiert. Eigentlich hat sie meine Persönlichkeit nie akzeptiert.
Nie konnte sie das, was ich empfand, über ihre eigenen An-
sichten stellen, egal, worum es ging. Sie schien nicht zu verstehen, dass man in der Mutter-Tochter-Beziehung nicht
unbedingt immer einer Meinung sein muss. Ihre Priorität
war das äußere Bild. Das musste gewahrt sein und stimmen.
Das Innere fiel hinten runter. Ich hatte mich einzufügen

in dieses Bild, damit nicht noch mehr Schande auf unsere Familie fiel. Wie es mir ging, war nebensächlich. So fühlt es sich für mich an.

Ihre Affenliebe drückte sich auch darin aus, dass meine Mutter sich scheinbar immer um mich kümmerte. Sie fuhr mich zur Schule, sie kaufte mir alles, was ich wollte. Es fehlte mir an nichts. Sie hat mir alles ermöglicht. Sie war immer da, ich konnte auf sie zählen. Zumindest sagte sie es so. Direkt daneben stand ihre unerbittliche Strenge, standen die Schläge, die ich regelmäßig bekam. Für jede Kleinigkeit, die ihr nicht passte, züchtigte sie mich. Und wenn es darauf ankam, verstand sie mich nicht. Diese Gegensätze waren unerträglich für mich. Ich fühlte mich oft wie eine Gefangene. Als ich später nach Deutschland kam, sagte ich ihr irgendwann am Telefon: „Weißt du, selbst dieser Abstand ist mir noch zu nah. Eigentlich möchte ich noch weiter weg. Es ist mir immer noch zu viel Nähe!" Ich hatte Sorge, dass ihr Zugriff auf mich nicht enden würde.

Ich durfte als Kind nicht draußen spielen, wie ich das gewollt hätte. Ich durfte mit siebzehn oder auch achtzehn keinen Freund haben. Ich durfte nicht rausgehen, um Freunde zu sehen. Wenn Klassenkameraden, die meine Mutter gut kannte, an unserer Haustür klopften, um mich abzuholen, hieß es: „Nein, sie muss lernen!" Immer wieder erfand meine Mutter Situationen, um zu erzählen, dass ich keine Zeit habe. Sie wollte mir partout nicht erlauben, mit meinen Freunden auszugehen. Ich stand hinter ihr im Flur, hörte sie sprechen und dachte: Das stimmt doch alles gar nicht! Und immer hatte ich Angst, dass sie wieder völlig ausflippen, dass sie schreien oder mich schlagen würde. Ich kann es in meinen frühen Tagebüchern nachlesen, und ich erinnere mich ganz besonders an einen Tag, als ich mit meiner Clique spazieren gehen wollte. Zu der Zeit war ich siebzehn und leicht verliebt in einen Jungen aus dem Dorf, meine erste Liebe. Er kam an unsere Haustür und fragte meine Mutter, ob ich mit unseren Freunden spazieren gehen könne. Sie zog die Augenbrauen hoch und sagte, wie so oft: „Nein, Karla muss Klavier üben." Er fragte: „Vielleicht nur eine Stunde, ich weiß, dass sie viel für die Schule tun muss." „Nein, sie muss üben!" Später kam mein Nachbar zu mir: „Kommst du mit schwimmen? Die ganze Clique geht zum Strand." Ich notierte abends in mein Tagebuch, wie groß meine Angst gewesen war, meine Mutter überhaupt nur zu fragen, ob ich mitgehen dürfe mit meinen Freunden.

Die größte Befürchtung meiner Mutter war, dass aus mir ein sogenanntes Straßenkind werden würde. Das waren damals Kinder, die sich herumtrieben, die abendelang auf der Straße herumhingen, denen alles egal war. Es war lächerlich, denn niemand war weiter davon entfernt als ich, und dennoch existierte in meiner Mutter beständig die Angst, dass jemand mich draußen sehen und mit dem Finger auf mich zeigen könne: „Da siehst du, was aus der Kleinen geworden ist! Ist ja auch kein Wunder, denn sie wächst ohne

Vater auf, und die Mutter schafft es nicht, das Kind auf die richtige Bahn zu bringen." Dieser Schatten hing über ihr – und damit über mir.

Für mich war das sehr belastend. Wenn sich im Sommer alle draußen trafen, wenn es Open-Air-Konzerte gab, selbst wenn es nur einen Steinwurf von zuhause entfernt war, musste ich um spätestens elf Uhr im Haus sein. Wir gingen aber erst um halb zehn los, wenn es dunkel wurde. Ich war schließlich siebzehn. Aber es gab keinen Verhandlungsspielraum. Wenn ich wie verabredet pünktlich heimkam, schimpfte meine Mutter trotzdem: „Kannst du nicht ein paar Minuten früher kommen? Immer auf die letzte Minute!" Wie kann sie nur so etwas zu mir sagen!, dachte ich. Ich kam im Sommer zu einer Uhrzeit nach Hause, wo alle anderen erst richtig feiern gingen. Ich verspürte große Wut in mir. „Was willst du eigentlich noch von mir?", schrie ich innerlich. Ich fühlte mich so ungerecht behandelt und konnte darüber mit niemandem reden. Ich musste all das mit mir selbst ausmachen. Das lag als schwere Last immerzu auf meiner Brust.

Ich werde nie vergessen – und hielt es im Tagebuch meiner Kindheit in allen Einzelheiten fest –, wie eines Tages Gäste im Haus meiner Tante Marija und meines Onkels Marko waren. Alle trafen wir uns oft im Sommer dort. Cousinen und Cousins, meine Tante Antonella aus Italien mit ihrer Familie, meine Tante Paula mit ihrer Familie, unsere Nachbarn und der Mann, mit dem meine Mutter damals angebändelt hatte. Meine Cousine Antonia spielte mit Freunden weiter unten im Dorf vor dem Haus einer Freundin. Die Mutter des Mädchens aus der Nachbarschaft, die an diesem Abend auch bei meiner Tante war, fragte mich und meine Cousine Eva: „Wollt ihr nicht auch zu ihnen gehen? Sie würden sich bestimmt freuen! Hier langweilt ihr euch doch! Unsere Oma ist zuhause und passt auf euch auf." „Ja, gern", wir hatten Lust. „Gut, dann bringe ich euch runter", bot sie an. „Warte, ich muss kurz meiner Mutter Bescheid sagen", meinte ich. „Brauchst du nicht, Liebes", warf meine Tante Marija ein, „ich sag ihr, dass du mich gefragt hast und ich es erlaubt habe. Ich nehme Eva und dich dorthin mit."

Die anderen blieben für den Rest des Abends unten im Dorf, saßen auf einem Mäuerchen vor dem Haus und hatten ihren Spaß. Mich aber riss nach kurzer Zeit meine Mutter aus dem Geschehen. Sie fuhr in ihrem roten Auto vor, durch die Frontscheibe sah ich ihr verbittertes und hartes Gesicht. Sie stieg aus, packte mich am Arm, gab mir vor allen Kindern eine Ohrfeige und zerrte mich an den Haaren ins Auto. Ich verstand es nicht. Was war passiert? Wir fuhren im Auto nach oben zum Haus der Großeltern. Meine Mutter sprach kein Wort mit mir, es lag eine unerträgliche Spannung in der Luft. Ich wünschte mir damals, ich könnte mich einfach so in nichts auflösen. Als wir zuhause ankamen, traute ich mich zu fragen. „Was ist los? Was habe ich gemacht?", wollte ich wissen.

„Dass du dort auf der Straße sitzt wie eine Hure ..." Da fiel dieses Wort das erste Mal. „Aber wir sind doch Kinder, wir spielen, haben Witze erzählt und gelacht ..." „Du hast mich nicht gefragt! Du bist einfach so weggegangen!" „Wir haben Bescheid gesagt! Tante Marija hat dich gefragt und Eva und mich dann gemeinsam gebracht!" „Ja, aber DU hast mich nicht ausdrücklich gefragt! ICH bin deine Mutter und nicht die Marija!" Und dann hat sie mich geschlagen. Ich bekam zwei Wochen Hausarrest, wie so oft.

Am nächsten Tag fragte meine Tante sie, warum sie so reagiert habe, und brachte zum Ausdruck, dass ihre Schwester das wirklich nicht hätte tun sollen. Es war alles umsonst. Meine Mutter ließ sich auf kein Gespräch ein, sie konnte keine andere Meinung, nicht den kleinsten Hinweis annehmen. Ich hatte schreckliche Angst vor meiner Mutter. Ich zitterte am ganzen Körper, wenn sie zuhause war, und lebte in ständiger Furcht. Es gab einige Szenen, die ich nie vergessen werde und die tiefe Narben in meinem Leben und auf meiner Seele hinterlassen haben.

Meine Mutter übte absolute Kontrolle über mich aus. Ich musste zahlen für etwas, von dem ich nicht wusste, was es war. Für jede Kleinigkeit wurde ich von ihr geschlagen, oft mit der Hand, manchmal sogar mit dem Gürtel meines Opas. Oder mit der Rute, die in der Küche parat lag und mit der sie mir auf die Finger gab oder auch mal über die Beine und auf den Po. Anvertrauen konnte ich mich nur meinem geduldigen Tagebuch.

Einmal fuhr ich von der Musikschule nach Hause, meine Großeltern saßen in demselben Bus wie ich. Natürlich habe ich sie gesehen, ich sprach mit ihnen. Aber dann ging ich im Bus nach hinten, dorthin, wo alle Kinder saßen. Wir stiegen gemeinsam aus und liefen von der Bushaltestelle nach Hause. Dort schlug meine Mutter mich, als sie hörte, dass ich mich nicht neben Oma und Opa gesetzt hatte: Ich hätte keinen Respekt gezeigt!

Meine Großeltern griffen mitunter ein, aber es sah für mich so aus, als hätten auch sie Angst vor meiner Mutter und ihren Ausbrüchen. Sie rastete wirklich oft aus, knallte dann die Türen und rannte hinaus. Dort startete sie ihren Wagen und fuhr für einige Zeit weg. Wenn sie zurückkam, tat sie so, als wäre zuvor nichts passiert. Sie schwieg, sie konnte sich nie für ihre Handlungen entschuldigen. Bis heute nicht, und ich wusste nicht: Was war eigentlich Schlimmes passiert? Weshalb war sie ausgeflippt? Wofür hatte ich Schläge bekommen?

Bei all meinen Cousinen und Cousins bekam ich ein ganz anderes Leben mit. Sie gehorchten manchmal nicht, sie räumten mitunter nicht freiwillig auf, sie halfen wenig oder gaben sogar Widerworte – und es war nicht schlimm. Ich sah, dass sie damit viel weiter kamen als ich, aber ich wurde bestraft. Für was nur? Ich verstand es nicht. Von mir wurde verlangt, die Ältere zu sein, die mit gutem Beispiel voranging oder nachgab, damit es keine Missstimmung gab. Keiner fragte, wie es mir wirklich ging.

Meine Cousine Eva durfte immer bei allem dabei sein, obwohl sie fünf Jahre jünger ist als ich. Oft hat mich das genervt, ich konnte kaum je allein mit meinen Freunden sein, es galt als regelrechte Verpflichtung für mich, Eva mitzunehmen. Sie war rebellisch, sie gab viele Dinge von sich, die nicht immer nur nett waren, fand ständig Widerworte, aber sie wurde nie bestraft. Wenn ich Ähnliches gewagt hätte, hätte ich sofort eine geknallt bekommen. Sie machte, was sie wollte, mir war alles verboten. Wenn ich sie mitschleppen musste zu meinen Freunden, nutzte sie mich aus und provozierte mich: „Wenn du nicht mit mir machst, was ich will, sage ich es zuhause, und du bekommst Ärger", so verhielt sie sich manchmal. Irgendwann hatte ich die Nase voll von all dem, es hatte sich so viel aufgestaut. Ich wollte nur noch allein sein, ich freute mich darauf, groß zu sein und endlich zuhause auszuziehen.

Ich kann mich erinnern, wie ich als Kind bei meiner Mutter im Auto mitfuhr, wie ich auf dem Rücksitz saß und häufig betete: „Lieber Gott, ich möchte einfach nur sterben." Manchmal wiederholte ich es endlos, weil ich die Atmosphäre nicht aushalten konnte. „Lieber Gott, ich möchte, dass mich jemand hört! Ich möchte nicht für etwas bestraft werden, was ich nicht gemacht habe. Ich möchte nicht bestraft werden für Dinge, die für ein Kind völlig normal sind. Ich möchte nicht eine Ohrfeige bekommen, wenn ich sie nicht verdient habe!"

Aber ich bekam sie, wieder und wieder, und ich spüre, wie mich das bis heute aufwühlt. Ich könnte weinen darüber, auch wenn ich gelernt habe, es nach außen zu verbergen und immer fröhlich zu erscheinen. Keiner merkt es mir an.

Makellos

Niemand wusste, wie schwer meine Situation zuhause wirklich war. Wie sehr meine kleine Seele darunter litt. Ich behielt alles für mich, sprach mit niemandem darüber. In der Schule war ich die vorbildliche Schülerin, das brave Mädchen, das keine Probleme machte. Hinzu kam, dass wir in der Schule häufig körperlich bestraft wurden. Man schlug uns mit dem Lineal auf die Finger oder die Hände, oft wurden wir auch an den Ohren gezogen oder angeschrien, und wir zitterten wirklich vor Angst. Ein Lehrer ging sogar so weit, während des Unterrichts im Klassenraum zu rauchen. Manchmal blies er den Rauch aus seiner übel riechenden Zigarette direkt in mein Gesicht, und wenn ich meinen Kopf zur Seite drehte, weil ich den Gestank nicht ertragen konnte und den Rauch nicht einatmen wollte, reagierte er mit Gewalt. Manchmal bekam ich eine Ohrfeige, manchmal zog er mich an den Ohren, während er mich eindringlich ermahnte, ich solle ihm nicht widersprechen. Er war übrigens ein Serbe. Oft wurden wir auch dazu aufgefordert, uns mit dem Rücken zur Klasse in die Ecke zu stellen, sei es, weil wir im Unterricht Blödsinn gemacht hatten oder weil den Lehrern etwas nicht gefiel.

Über Privates sprach man in der Schule nicht – es war eine andere Zeit, verschlossener als heute. Aber auch meine Großeltern redeten nie offen mit mir über das, was zuhause geschah. Ich spürte, dass auch sie meiner Mutter nicht widersprechen wollten oder konnten. Sie schienen genauso gefangen in ihrer Angst wie ich in meiner. Wenn ich nach Hause kam, schlich ich über die Schwelle, kaum hörbar. Kein fröhliches „Hallo", kein lautes Ankommen – nur Vorsicht. Instinktiv lauschte ich, bevor ich weiterging, denn oft hatte ich schon erlebt, wie meine Mutter in meiner Abwesenheit über mich sprach. Wie sie sich bei den Großeltern darüber beschwerte, wie „schlimm" ich sei. Es tat weh, diese Worte zu hören, und mit der Zeit begann ich, mich davor zu schützen. Ich wusste: Sobald ich mich öffnete, wurde es gegen mich verwendet. Deshalb zog ich mich zurück, Stück für Stück. Ich hatte das Vertrauen in meine Mutter verloren. Und nicht nur in sie – auch in andere Menschen. Früh lernte ich, dass man sich auf niemanden wirklich verlassen kann. Dass es gefährlich sein konnte, zu vertrauen. Dass es am sichersten war, alles in mir zu verbergen und darüber zu schweigen, auch wenn es meine Kinderseele schwer belastete.

Wenn meine Freundinnen mich zuhause besuchten, verhielt meine Mutter sich sehr großzügig; ganz anders, als wenn wir allein waren. Ich war schockiert, wie sehr sie sich verstellte. Das „strenge Biest", was sie im Zusammensein mit mir häufig herauskehrte, verschwand völlig. Sie gab sich zahm und verständnisvoll. Sie hatte plötzlich einen so weichen Gesichtsausdruck. Das fühlte sich für mich fremd und unnatürlich an.

Meine Mutter war eine Frau, die schwer einzuschätzen war, ihre Erscheinung ein Spiegel ihrer widersprüchlichen Persönlichkeit. Relativ klein gewachsen, mit einer feinen, fast zerbrechlichen Statur, hatte sie dennoch eine Präsenz, die jeden Raum füllte. Ihre blauen Augen waren von einer Kälte, die einem das Gefühl gab, dass sie jeden Gedanken durchschauen konnte, messerscharf und unbeirrbar. Wenn sie lächelte, was selten geschah, funkelten diese Augen wie stille Seen im Sommerlicht, wie ein flüchtiges Versprechen von Wärme, das genauso schnell verflog, wie es aufkam. Ihr pechschwarzes Haar fiel in einem perfekten langen Bob über ihre Schultern, jedes Haar an seinem Platz, als ob selbst der Wind es nicht wagte, ihre Ordnung zu stören. Die Frisur war tadellos, fast streng, und dennoch schwang in der glatten Eleganz etwas Feminines mit, etwas, das eine sorgsam verborgene Zärtlichkeit hindurchscheinen ließ.

In ihrer Rolle als Mutter jedoch schien sie nichts davon zu kennen. Ich war ihr größter Stolz – und zugleich ihre größte Schwäche. Streng war sie, unerbittlich. Mit scharfen Worten und einem Blick, der keine Widersprüche duldete, reglementierte sie mich. Regeln waren Regeln, und sie machte keinen Hehl daraus, dass sie Disziplin und Gehorsam über alles stellte. Ihr Gesicht, das sonst glatt und makellos wirkte, schien in diesen Situationen wie aus Stein gemeißelt, jede

Falte eine stille Drohung. Doch wenn meine Freundinnen oder ihre eigenen ins Bild traten, geschah etwas Merkwürdiges: Sie verwandelte sich. Plötzlich wurde die Frau, die eben noch Befehle erteilt hatte, zur charmanten Gastgeberin. Ihr Lächeln, das sie so selten zeigte, wirkte offen und strahlend, fast mütterlich. Ihre Stimme, sonst hart und klar wie ein Glockenschlag, wurde nun sanft, fast melodisch. Sie lachte, scherzte, servierte Kekse, als wäre sie das liebevollste Wesen, das man sich vorstellen konnte. Ihre erstaunlich blauen Augen, sonst kühl wie Eis, schienen dann aufzutauen, ein Versprechen von Güte, das jedoch nie lange hielt.

Dieses Wechselspiel der Launen fand seinen Widerhall in ihrem Aussehen. In ihren strengen Momenten wirkte sie wie eine Statue, eine Göttin aus Marmor, unnahbar und entrückt. Doch wenn sie ihre warme Maske trug, schien sie fast zu zerfließen, ihre Bewegungen wurden weicher, ihre Gesichtszüge runder, als ob eine andere, verborgene Frau in ihr lebte, die nun ans Licht trat. Es war, als gäbe es zwei Welten in ihr – die eine voller eiserner Disziplin und kühler Kontrolle, und die andere weich, warmherzig und fast schon übertrieben freundlich. Wer sie wirklich war, blieb ein Rätsel. Ich ahnte, dass hinter all den Masken noch etwas anderes verborgen war: ein sorgsam gehütetes Geheimnis, das ihre blauen Augen und das pechschwarze Haar nicht preisgeben wollten.

Einige meiner Freundinnen und Freunde rauchten damals schon, ich probierte es nie, es reizte mich nicht. Ich empfand den Geruch bei meiner Mutter, die viel rauchte, als sehr unangenehm. Sie erlaubte den anderen Mädchen Zigaretten im Haus, und meine Freundinnen waren erstaunt, wie tolerant und liberal meine Mutter sei und was sie alles durchgehen ließ. Das wäre bei ihren eigenen Eltern völlig undenkbar, sagten sie mir immer. Ja, es stimmt, in dieser Hinsicht war meine Mutter offen. Sie hätte nicht gewollt, dass ich heimlich rauche. Sie hat mit mir ehrlich darüber gesprochen und mir erklärt, wie ungesund und schädlich es sei. Dennoch hat sie selbst geraucht. Sehr viel sogar. Das konnte ich nicht nachvollziehen.

Wenn meine Mutter gute Laune hatte, war es wunderbar mit ihr, und ich ertappte mich immer wieder dabei, Vertrauen zu fassen, nur um erneut erschüttert zu werden. Es war wie bei einem Krebs: ein Schritt voran, zwei Schritte zurück. Am schlimmsten war die ständige Angst vor ihr, die ich immer wieder in meinem Tagebuch festhielt – obwohl ich sogar davor Angst hatte: Sie hätte es ja entdecken können. Eigentlich fühlte ich immer mehr und stärker, als ich es aufschrieb. Nicht einmal in meinem Tagebuch traute ich mich, die Wahrheit auszuformulieren. „Ich zittere am ganzen Körper", schrieb ich auf, „dabei will ich sie doch einfach nur fragen, ob ich mit Freunden schwimmen gehen darf." Ich erinnere mich bis heute an diesen Tag: Ich saß aufgewühlt und mit klopfendem Herzen in meinem Zimmer, als wäre etwas wirklich Schlimmes passiert. Dabei hätte ich nur aus meinem Zimmer herauskommen, in die Küche gehen, vor meine Mutter treten und sie fragen müssen: „Darf ich heute mit meinen Freunden schwimmen gehen?" Aber ich wusste, es würde sofort eine Gewehrsalve an Fragen kommen: „Warum mit denen? Wer kommt alles mit? Weshalb muss das sein?" Ich musste mich immer langsam herantasten und jede Frage endlos vorbereiten, ehe ich sie stellen konnte. Immer versuchte ich herauszufinden, wie ihre Laune war. Wenn ich die Küche betrat, spürte ich sofort die energiegeladene Stimmung. Dann habe ich oft gemerkt: Es ist kein guter Zeitpunkt, es geht gar nicht. Es war, als würde eine schwarze Wolke den Raum verdunkeln. Wie oft bin ich daran verzweifelt, dass ich etwas spürte, was meine Mutter abstritt.[3]

Mir hat diese Wahrnehmungsfähigkeit aufgezeigt, dass da immer auch etwas anderes ist als das, was wir mit den Augen sehen können. Später sagte mir jemand, der sich damit auskannte, ganz direkt: „Du hast diese Wahrnehmung, es ist etwas, was du kannst! Du solltest etwas damit machen!"

Die Angst vor meiner Mutter ist immer geblieben. Als ich später unabhängig wurde und begann, alleine zu leben, konnte ich es anders filtern. Heute bin ich in der Lage, mich zu entscheiden: Ich erzähle etwas – oder nicht. Damit schütze ich mich, wenn sie mir nicht wirklich zuhört, wenn sie meine Sorgen herunterspielt und immer nur auf ihr Leben zurückkommt, wenn sie mich nicht verstehen kann und mein Leben einfach nur von außen ansieht und „perfekt" findet.

3   Vgl. Tagebuchauszüge im Anhang ab Seite 215.

Das gibt mir eine gewisse Freiheit, aber es macht mich nicht glücklich. Wie gerne hätte ich das Vertrauen, vieles mit ihr zu teilen, ihr mein Herz wirklich zu öffnen und von ihr aufgefangen zu werden! Und bei Fehlern oder wenn ich etwas „Verbotenes" getan hätte, würde ich mir wünschen, sie würde mich stärken und mir helfen, das Richtige zu tun, ohne mich zu verurteilen und böse auf mich zu sein. Inzwischen bin ich nicht mehr von ihr abhängig, von daher spielt es für mich keine Rolle mehr. Dass es mit meiner Mutter keine wirklich warme Verbindung gibt, tut mir trotzdem sehr weh. Und obwohl die Mobiltelefone heute allgegenwärtig sind, vergehen manchmal zwei Wochen, in denen ich sie nicht anrufe. Sie akzeptiert meine Meinung als erwachsene Frau und Mutter bis heute nicht, so ist mein Gefühl. Ich bin für sie immer noch das kleine Kind, das von nichts eine Ahnung hat. Es ist uns nicht möglich, wie zwei erwachsene Frauen miteinander zu sprechen. Es ist immer ein harter, strenger Unterton da, der Kritik oder eine Belehrung aufzeigt.

Weder wegen ihrer cholerischen Anfälle noch wegen der Depressionen hat sie je eine Therapie gemacht. Damals nahm sie Tabletten. Es gab oft Situationen, in denen sie wütend auf mich war und anschließend zu mir sagte: „Du machst mich krank! Du wirst mich unter die Erde bringen! Jetzt muss ich wieder meine Beruhigungstablette nehmen. Alles wegen dir!" Ich fragte mich damals schon: Weiß sie eigentlich, was sie da sagt? Ist ihr bewusst, was diese Worte in einem Kind bewirken?

Später war sie sehr erfolgreich mit ihrer Arbeit, sie hatte gute Freunde, sie lebte ihr Leben. Wenn ich aus meiner heutigen Warte mit kleinem Kind auf die damalige Situation schaue, dann hatte sie wunderbare Umstände, denn ihre Eltern kümmerten sich jederzeit um mich. Sie konnte sich völlig auf sie verlassen, sie brauchte keine fremden Babysitter zu engagieren. Sie konnte ohne Sorge machen, was sie wollte, und hatte die Sicherheit, dass ich gut und sehr liebevoll von meinen Großeltern betreut war.

Wenn ich von der Schule kam, habe ich oft gehofft, mit meiner Oma allein zu sein; ich wünschte mir, dass meine Mutter nicht zuhause sei. Das machte es einfacher für mich, dann war die Atmosphäre friedlich. Bei meinen Großeltern hatte ich das Gefühl, als die geliebt zu werden, die ich bin. Meine Oma war sehr warmherzig, immer zeigte sie Verständnis für alle und für alles und hatte eine größere Offenheit dem Leben gegenüber als meine Mutter. Wenn meine Mutter da war, lag permanent eine elektrische Ladung in der Luft. Sie war wie eine tickende Bombe, man wartete förmlich auf die Explosion. Es war ein beklemmendes Gefühl für mich, ich war mir nie sicher, was als Nächstes geschehen würde. Ich konnte oft gar nicht mit ihr sprechen, zugleich wünschte ich mir nichts sehnlicher. Wenn es Auseinandersetzungen gab, lastete eine unangenehme Stille auf allen. Häufig saß ich allein in meinem Zimmer, denn Gespräche waren nur dann möglich, wenn meine Mutter richtig gute Laune hatte, und ich spürte: Jetzt ging es. Sobald etwas war, was ihr nicht passte, wurde es gefährlich. Ich frage mich bis heute: Weshalb? Es war doch eigentlich alles gut? Für alle anderen hatte sie Verständnis, nur für mich nicht. Aber niemand konnte sie darauf ansprechen. Meine Tante hat es ein einziges Mal versucht, meine Mutter schüttelte sie sofort ab wie ein lästiges Tier: „Misch dich nicht ein! Du hast keine Ahnung!" Wenn ich darüber schreibe, fühle ich mich schlecht, das so zu formulieren. War es denn wirklich so schlimm?, frage ich mich. Vielleicht tue ich meiner Mutter unrecht? Da ist es wieder, dieses Hinterfragen meiner selbst. Aber ja, es war so. Und es war schlimm. Ich fühle, was ich fühle. Sie hat sich bemüht, sie hat mir alles gegeben, was sie konnte. Ich weiß, es war ihr nicht anders möglich. Ich hadere mit mir selbst. Wenn etwas schiefgeht, suche ich den Fehler immer bei mir. Ich war nie rebellisch, ich habe nie Türen geknallt und herumgeschrien, ich habe mich eher geduckt, geschluckt, geschwiegen und versucht weiterzumachen. Meine Erfahrung aus den paar Malen, in denen ich mich getraut habe, etwas zu sagen, war: Es bringt nichts! Im Gegenteil: Es macht es nur noch schlimmer für mich!

Immer noch versuche ich, all diese Zusammenhänge zu begreifen. Situationen, in denen ich ganz viel Schmerz erfahren habe – und wo es nicht hätte sein dürfen. Heute noch erwische ich mich dabei, dass ich die Fehler bei mir selbst suche, auch wenn ich ganz genau weiß, dass ich nichts falsch gemacht habe. Je älter ich werde, desto klarer kann ich das erkennen.

Ich glaube, wenn man als Kind solche schmerzhaften Erfahrungen von Ungerechtigkeit gemacht hat, ist man geschult fürs spätere Leben: Gerechtigkeit steht bei mir an oberster Stelle. So oft versuchen Menschen, mir etwas zu erzählen oder zu erklären, und ich spüre ganz genau, dass es falsch ist. Versuchen mich dann über Emotionen zu packen, oft so geschickt, dass ich für einen kurzen Augenblick fast nachgeben oder wirklich glauben könnte, was sie sagen. Dass ich glauben könnte, sie seien ehrlich und ich selbst habe etwas falsch gemacht. Aber wenn ich stark genug bin und mit gesundem Verstand all das hinterfrage, merke ich, dass diese Leute wahre Meister im Manipulieren sind und ich auf keinen Fall den Mist glauben sollte, den sie von sich geben. Es spiegelt nur ihre Schwäche und Unzufriedenheit mit sich und ihrem eigenen Leben. Ich für mein Teil falle nicht mehr darauf rein.

Wenn ich darüber nachdenke, welche Folgen diese Ungerechtigkeit für mich als Kind hatte, macht mich das wütend. Auch meine beiden Cousinen erinnern sich daran, welch makelloses, fast heiliges Bild von sich meine Mutter vor anderen aufrechterhielt, was sich durch ihr Verhalten dann immer wieder auch entlarvte. Darüber, dass sie eine Liebesbeziehung mit einem verheirateten Mann aus dem Dorf hatte, wurde nie offen gesprochen. Offiziell war er ein Freund der Familie, alles andere wurde geheim gehalten. Er kam zu Besuch, saß mit uns in der Küche vor dem Kamin und unterhielt sich mit meinem Opa. Wenn er ging, begleitete meine Mutter ihn stets zur Eingangstür unten im Tunnel des Hauses. Einmal schlich ich den beiden hinterher, ich wollte wissen, warum es immer so lange dauerte, die Treppe hinunterzugehen und die Tür abzuschließen. Zwischen den prachtvollen Hortensienbüschen hindurch konnte ich die beiden beobachten, und ich sah, wie sie sich küssten. Damit bestätigte sich, was ich längst geahnt hatte. Später gingen wir häufig mit diesem Mann zum Abendessen aus. Ich saß im Auto hinter den beiden und dachte entsetzt darüber nach, wie es wohl der Frau dieses Liebhabers meiner Mutter gehen würde, wenn sie wüsste …

Er kam immer häufiger, auch zu uns in die Wohnung, die meine Mutter sich nach dem Krieg in unserem Dorf gekauft hatte. Dort lebte ich eine Weile mit ihr, ich empfand es aber nie als mein Zuhause. Auf drei Zimmer begrenzt zu sein und nicht direkt ins Freie zu können, vermittelte mir ein Großstadtgefühl. Auch wenn es etwas Gemütliches hatte, dass sich alles auf engstem Raum und auf einer Etage befand. Nach den vielen Jahren im weitläufigen Haus mit der Terrasse bei Oma und Opa war es sehr ungewohnt für mich. Wenn ich von der Schule kam, ging ich weiterhin zu ihnen zum Essen.

Darüber, dass dieser Mann sich ganz selbstverständlich bei uns aufhielt, wurde nie gesprochen. Es passte alles nicht zusammen mit dem, was gepredigt wurde. Ich empfand es nicht als ehrlich, ich begann ein Stück weit, die Achtung vor meiner Mutter zu verlieren. Mein Gerechtigkeitsgefühl ist sehr ausgeprägt. Wenn ich Ungerechtigkeit spüre, dann frage ich mich immer, weshalb die Menschen das nicht sehen können. Es gibt doch nichts dazwischen?!

Ich wurde älter und begriff mehr und mehr. Irgendwann, aus heiterem Himmel, stellte meine Mutter mir die Frage, wie ich es fände, wenn sie mit diesem Mann zusammenwohnen würde. Ich schaute sie fassungslos an und fragte: „Aber er ist doch verheiratet?" „Er würde sich dann scheiden lassen." Daraufhin sagte ich: „Das würde ich nicht wollen. Das wäre doch eine riesige Schande in unserem Dorf. Wie würde das denn aussehen?" Damit war es vorbei. Es gab kein Gespräch darüber. Nur diese Frage, die wie eine Bombe in mein Leben platzte.

Die Musik war mein Rettungsanker in all diesen Wirren. Sie war es, die mich durch die schwersten Zeiten getragen hat. Wenn ich nicht in die Schule ging – vor allem, wenn ich krank war und zuhause bleiben musste –, zog ich mich in mein Zimmer zurück und versank in meiner kleinen, selbst geschaffenen Klangwelt. Von morgens bis abends saß ich vor meinem Doppelkassettenrekorder. In einem der Fächer lief die Kassette mit der Originalmusik, während ich auf der zweiten Kassette meine eigene Stimme aufnahm. Ich sang dazu, spielte dazu, verlieh all dem Ausdruck, was sich in mir ausdrücken wollte. Es waren keine leichten Lieder, keine fröhlichen Melodien. Es waren Stücke voller Emotionen, die mich oft selbst zu Tränen rührten. Stundenlang weinte ich, während ich sang und spielte. Es war mein Ventil, mein

Ausweg, mein stiller Protest gegen all das Unrecht und die Härte, die mir widerfuhren. In diesen Momenten gehörte die Welt nur mir. Die Musik hat mich nicht nur gerettet, sie hat mich auch geformt. Sie war meine Zuflucht – und mein Lehrer, der mich lehrte, Schmerz in etwas Bedeutungsvolles zu verwandeln.

II

BLOSS NICHT ZURÜCK

Musik über alles

Nach der Grundschule konnte ich mich entscheiden, wie es weitergehen sollte. In Kroatien hatte ich die Möglichkeit, einen mathematisch-naturwissenschaftlichen Schwerpunkt, einen sprachlichen oder einen klassisch-theologischen zu wählen – oder ein Musikgymnasium. Ich überlegte lange, was mir am besten entsprechen würde. Ich war in allen Fächern ausgezeichnet, und auch Medizin oder Jura interessierten mich. Da ich bislang zwei Schulen besuchte hatte – die Regelschule am Vormittag, die Musikschule am Nachmittag –, lag es nahe, ein Musikgymnasium zu wählen, um diesen Spagat nicht mehr machen zu müssen. Allerdings wurde die Belastung dadurch nicht wirklich geringer, auch am Musikgymnasium belegten wir die musischen Fächer und unsere Instrumente zusätzlich zum normalen Lehrstoff der Oberstufe. Immerhin lag alles in einem Gebäude.

Nach dem zweiten Gymnasialjahr wollte ich Gas geben. Die Lehrer waren der Meinung, aufgrund meiner Leistungen könne ich ein Jahr überspringen, und ich wollte es versuchen, obwohl meine Mutter mich immerzu bremste: „Wo hetzt du eigentlich hin? Willst du eher in die Rente?" Ich wusste: Ich will fertig werden! Ich will frei sein! Es gab in mir das Gefühl, etwas zu verpassen, wenn ich nicht schnell genug wäre. Gegen den Willen meiner Mutter, die wieder Sorge hatte, dass es zu viel für mich sein könnte, meldete ich mich heimlich zum vorzeitigen Abitur an. Doch irgendwann kam mein Alleingang raus, weil ich ihre Unterschrift brauchte, und sie versperrte mir diesen Weg. Da meldete ich mich parallel an einem zweiten Gymnasium an, um doch noch die Chance auf ein Medizinstudium zu haben. Dazu kam, dass es im Abschlussjahr angezeigt war, bei einem Professor an der Musikakademie Instrumental- und Theorieunterricht zu nehmen, um sich optimal auf die Aufnahmeprüfung dort vorzubereiten. Zweimal im Monat fuhr ich deshalb mit dem Bus zum Unterricht nach Zagreb. An der Musikschule hatte ich zuerst Klavier, dann zusätzlich Gesang und Querflöte gelernt. Als ich mich auch noch für die Geige zu interessieren begann, weil ich wegen der Musiktheorie ein Saiteninstrument spielen musste, legte meine Mutter wieder ein Veto ein: Ich müsse nicht das ganze Orchester bedienen! Dafür hätte ich meine Gitarre, machte sie geltend, das müsse ausreichen. Sie hatte recht, ich lernte ohnedies für vierundzwanzig Fächer, das war tatsächlich viel.

Als mit Ende meiner Schulzeit die Aufnahmeprüfung für die Hochschule anstand, war es gar nicht leicht für mich, die passende Richtung zu wählen: Wenn ich mich fürs Solistenfach entschied, würde ich später nicht unterrichten dürfen. Ich wäre dann Künstlerin und hätte nicht die pädagogisch-didaktische Ausbildung, um in Kroatien instrumentalen Unterricht geben zu können. Dieser Beruf ist in meiner Heimat – anders als in Deutschland – geschützt. Ich rechnete mir aus, dass die Chance, eine wirklich erfolgreiche Solokarriere zu starten, eher gering wäre, und entschied mich aus Vernunft dafür, den theoretischen Weg zu gehen. Mich würde später nichts daran hindern, auch Konzerte zu geben, und zumindest stünde mir der Lehrberuf auf diese Weise offen.

Zur Aufnahmeprüfung hatten sich in Zagreb mehr als hundert Studienanwärter gemeldet, vier von ihnen sollten Plätze fürs Musikstudium bekommen. Ich bestand die Prüfung, ich war die Vierte auf der Liste – ich war überglücklich! Als ich am nächsten Tag mit meinen Papieren in die Akademie kam, um mich anzumelden, bekam ich im Sekretariat zu hören: „Sie haben nicht bestanden. Sie stehen nicht auf unserer Liste." Ich korrigierte die Dame, schließlich hatte ich meinen Namen am Tag zuvor auf der Liste gesehen: „Ich bin die Vierte!" Sie zeigte mir, dass mein Name durchgestrichen war; ich stand inzwischen als Erste unterhalb der Aufgenommenen. Angeblich habe es am Vortag einen Fehler in der Summierung aller Teilprüfungen gegeben, meine Gesamtsumme habe nicht ausgereicht. Ich wollte meinen Test sehen, ich wusste genau, was ich für ein Ergebnis gehabt hatte. „Nein, das ist nicht möglich. Es ist im Nachhinein nicht gestattet, Einblick zu nehmen." Ich protestierte, daraufhin wurde ich an den Dekan verwiesen.

Den Namen, den ich jetzt als vierten auf der Liste sah, hatte ich nie zuvor gehört, dabei kannten sich alle, die gemeinsam mit mir zur Prüfung angetreten waren. Es stellte sich heraus, dass es der Sohn eines Professors war. Der Dekan sagte mir, es täte ihm sehr leid. Es gäbe nur vier Plätze, daran könne man nichts ändern. Aber wenn ich unbedingt wolle, könne ich gern einen Umschlag mit fünftausend D-Mark mitbringen, dann ließe sich sicher ohne Problem etwas machen. Mich erschütterte diese Ungerechtigkeit so sehr, dass ich vor Wut weinend aus dem Zimmer rannte. Nein, sagte ich mir: Selbst wenn ich das Geld aufbringen könnte, würde ich nicht wollen. Wenn es hier schon zu Beginn so lief, konnte man sich denken, welche Gestalt das Miteinander später im Studium und bei den Prüfungen annehmen würde. Damals lief in Kroatien vieles über Beziehungen, die Bestechlichkeit war hoch.

Meine Welt brach zusammen. Ich mochte auch Zagreb nicht mehr. Ich wollte auf jeden Fall studieren, und ich wusste nicht: Was studiere ich jetzt? Wo studiere ich? Was soll ich tun? Fast überall waren die Aufnahmeprüfungen inzwischen gelaufen, ich war zu spät dran, um es an einer anderen Musikhochschule zu versuchen. Ich schaute mich eilig um, welche Fächer überhaupt noch möglich waren, fand heraus, dass lateinische Sprache, römische Literatur und Geschichte in Pula zur Auswahl standen und entschied mich: „Gut, ich melde mich zur Prüfung an, und wenn ich bestehe, gehe ich zuerst einmal an die philosophische

Fakultät." Und in all dem lag auch etwas Gutes – schließlich war Pula ebenfalls weit fort von Dubrovnik. Latein hatte ich in der Schule gelernt, für Literatur und Geschichte kam ich mit meinem Allgemeinwissen durch, und so nahm ich mein Studium auf. Es ging leicht, es gefiel mir sogar, ich lernte wunderbare Menschen kennen. Eine Kommilitonin von damals ist bis heute meine beste Freundin. Ich hätte nach den ersten zwei Semestern weiterstudieren können, ich hätte alles studieren können, einfach weil ich immer eine gute Schülerin war, aber ich hatte ganz stark das Gefühl: Das bin nicht ich! Das will ich nicht wirklich!

Als mir klar wurde, dass ich wirklich gern Musik studieren würde, orientierte ich mich nach Split. Ein Freund aus meinem Heimatdorf half mir, mich auf die Prüfung vorzubereiten. Er war bereits fertig mit dem Musikstudium und unterrichtete in Dubrovnik an der Musikschule. Für mich war das sehr hilfreich, denn durch das Studienjahr in Pula war ich nicht gut in Übung. Aber es gelang: Ohne irgendwelche Umschläge aushändigen zu müssen, wurde ich in Split aufgenommen und konnte endlich mein Studium der Musikpädagogik mit Schwerpunkt Klavier beginnen.

Gleich im ersten Semester fing ich an, am Nationaltheater im Opernchor zu singen, während meines gesamten Studiums hatte ich eine volle Stelle dort. Es war ein wunderbarer Ort und eine tolle Erfahrung für mich. Das Repertoire des Hauses war beeindruckend, unter anderem wirkte ich dort in einer wunderbaren Turandot-Inszenierung mit, eine meiner Lieblingsopern. Meine erste Rolle spielte ich in Carmen, es war eher eine Statistenrolle, ich war gerade erst in Split angekommen. Später sang ich auch kleine Solorollen, und mit einem feinen Frauenensemble nahmen wir eine CD auf. Für die Sommerfestspiele traten wir in Split jeweils wochenlang draußen in den Kulissen der Altstadt auf, wir gaben eine spektakuläre Aida-Aufführung. Über die Jahre probierte ich mich in unterschiedlichen Rollen und teils gewagten Kostümen und Maskeraden aus, die dem traditionellen Frauenbild, das bei uns zuhause vermittelt worden war, sehr widersprachen. Es war eine Befreiung für mich, und ich hätte mir sehr gewünscht, dass meine Mutter mich häufiger besuchen und sich Aufführungen mit mir ansehen würde. Sie kam nur ein oder zwei Mal in all den Jahren, die ich in Split studierte, und dann erst wieder zu meiner Diplomfeier. Hätte ich sie anrufen und darum bitten sollen? Ich fand, ich musste das nicht, sie hätte sich für mein Gefühl von selbst dafür interessieren dürfen, was ihre einzige Tochter tat.

Als ich mein Studium abschloss, wurde mir ein Vertrag an der Oper angeboten, und ich war zuerst geneigt, den Vertrag zu unterschreiben. Ich wusste, wie schwer es überall war, feste Anstellungen an Opernhäusern zu bekommen. Andererseits wollte ich hinaus ins Leben, ich wollte mehr sehen als nur Split und Kroatien. Am Theater hatte ich jemanden kennengelernt, der an der Komischen Oper in Berlin sang und mir sagte: „Komm nach Deutschland und arbeite eine Weile dort!" Damit setzte er viel in Gang in mir: Allein die Vorstellung, in die weite Welt zu gehen, war für mich großartig. Und so entschied ich mich dafür, einen Neuanfang in einer anderen Dimension zu wagen.

Weit weg in Deutschland

Als Kind hatte ich häufig in unseren dreimonatigen Sommerferien die jüngere Schwester meiner Mutter besucht, meine Tante Marija, die nach ihrer Ausbildung gemeinsam mit ihrem Mann Marko nach Deutschland gegangen war. Die beiden hatten ganz im Norden, am Stadtrand von Hamburg, ein Reiseunternehmen aufgebaut. Ihre Töchter, Eva und Antonia, kamen in Deutschland zur Welt. Erst als meine Cousine Eva sechs Jahre alt wurde und eingeschult werden sollte, waren sie nach Kroatien zurückgekehrt. Meine Tante lebte dann hauptsächlich in unserer Umgebung, meine Cousine Eva ging bei uns zur Grundschule. Marko pendelte nach Deutschland, um das Unternehmen weiterzuführen. Meist verbrachten alle gemeinsam den Sommer in Deutschland, und auch mich nahmen sie häufig mit. Es waren vier Wochen in der Ferne, aber es kam mir jeweils vor wie drei Monate. Als Kind machten mich meine Besuche in Deutschland nicht so glücklich: Es war weniger warm als in Kroatien, es gab keinen Strand, und meine Freundinnen waren nicht bei mir. Damals hatte ich das Gefühl: Hier möchte ich nicht leben! Ich empfand es zwar als sehr ordentlich und aufgeräumt, aber auch nüchtern und unlebendig, und es hat mich erschreckt, dass ich kaum jemanden auf der Straße sah. Spätestens um sechs, wenn die Läden schlossen, war die Stadt leer. Es fühlte sich für mich an wie bei uns im Krieg, als wenn die Menschen aus Angst vor Angriffen in ihren Häusern bleiben würden. Es gab kaum spielende Kinder draußen, kaum Menschen, die herumstanden und miteinander sprachen. Das Leben in Deutschland war für mich nicht nachvollziehbar. Das war kein Leben für mich! Was machen die Menschen alle zuhause?, hatte ich mich gefragt.

Jetzt plötzlich erschien es mir verlockend, die Musikwelt Deutschlands kennenzulernen. In meinem Studium hatte ich mich viel mit deutschen Komponisten beschäftigt, ich fühlte mich ihrer Musik nah. Mir war allerdings klar, dass ich mich nicht für ein Leben in diesem Land entscheiden würde, bevor ich nicht perfekt Deutsch sprechen könne. So ging ich nach dem Studium zuerst zum Lernen der Sprache nach Deutschland. Ich wählte die Region, in der meine Tante lebte, und belegte dort einen Sprachkurs.

Durch meine Cousine Eva kam ich mit einer netten Clique in Kontakt, wir waren viel unterwegs. Auch Christian war dabei, uns verband zu Beginn einfach eine Freundschaft. Wir lernten uns in einem Disco-Club kennen, in den die ganze Clique oft ausging. Christian war ein Mann, der auffiel, ob er wollte oder nicht. Groß und sportlich, mit einer Haltung, die Selbstbewusstsein ausstrahlte. Seine Kleidung war ein Statement: auf den Punkt, modisch und sorgfältig aufeinander abgestimmt. Er wusste, wie man sich präsentierte, wie man auffiel, ohne aufdringlich zu wirken. Sein extrem blondes Haar fiel in weichen Strähnen über die Stirn, eine besonders widerspenstige Locke zog die Blicke unweigerlich auf sich. Es war einer dieser kleinen Makel, die ihn zugleich wie einen Filmhelden und einen Menschen wirken ließen. Tatsächlich erinnerte er flüchtig an Leonardo Di Caprio, aber das war nur der erste Eindruck. Bei genauerem Hinsehen war da etwas Eigenes, Unverwechselbares. Seine blauen, mandelförmigen Augen waren schwer zu lesen. In ihnen leuchtete eine Wärme, die die Menschen um ihn herum anzog. Doch dahinter lag etwas, das nicht so leicht zu greifen war: eine feine Spur Unsicherheit, die wie ein Schatten durch den Sonnenschein seiner Ausstrahlung huschte. Ein Widerspruch, der ihn faszinierend machte, aber auch rätselhaft.

Nachdem meine Cousine Eva uns einander vorgestellt hatte, war Christian auf einmal verschwunden. Ich dachte mir nichts weiter dabei. Dann stand er mit einem Glas Champagner vor mir und sagte: „Welcome to Germany!" Für den Rest des Abends saßen wir in der VIP-Ecke und unterhielten uns intensiv auf Englisch miteinander. Zwischen uns war eine Sympathie spürbar, das war uns beiden klar. Ich wusste aber, ich würde nach Split zurückgehen, weil ich meine Diplomarbeit noch schreiben musste. Daher zog ich eine Beziehung gar nicht erst in Erwägung. Wir schrieben uns Briefe, zwei oder drei Mal trafen wir uns, zum bestandenen Diplom schickte er mir Blumen.

Doch irgendwann sprachen wir unsere Liebe füreinander aus. Das war für mich ein starker Beweggrund, mit dem Abschluss meines Studiums wieder nach Deutschland zu gehen. Ich entschied mich für ein Leben mit diesem Mann, und drei Monate später gaben wir uns überraschend das Jawort. Da Christian einen Tag nach dem Valentinstag Geburtstag hat, hatte ich ihm am Abend zuvor eine kleine Überraschung bereitet und eine Geburtstagstorte für ihn gebacken. Alles war schön geschmückt, Kerzenlicht verbreitete eine romantische Atmosphäre. Die Überraschung war gelungen, aber es kam noch eine Überraschung hinzu: An diesem Abend hielt Christian um meine Hand an. Für mich kam das sehr unerwartet und plötzlich, und das Einzige, was ich sagen konnte, war: „Echt? Möchtest du das wirklich?" Er lachte: „Ja, natürlich! Sonst würde ich es dich nicht fragen!" Und: „Es gibt keinen Verlobungsring", sagte er. „Stattdessen schenke ich dir ein Klavier! So weiß ich, dass du bleibst. Mit einem Ring könntest du einfach weglaufen", fügte er noch hinzu und lachte. Für mich hatte die Situation etwas Unwirkliches, ich konnte nur sagen: „Okay!" Ein paar Tage später telefonierte ich mit meiner Mutter. „Mama, ich glaube, ich bin verlobt!", sagte ich. Stille. Und dann fragte sie mich: „Wie? Du glaubst, du bist verlobt?" Ich antwortete: „Ich weiß nicht so genau. Es war so: Christian fragte mich, ob ich ihn heiraten möchte, und überraschte mich damit, dass er mir ein Klavier anstelle des Verlobungsrings schenken will. Also glaube ich, ich bin verlobt! Was meinst du?" Von meiner Mutter kam nichts. Für einen kurzen Augenblick dachte ich, die Leitung sei unterbrochen. Dann hörte ich, wie sie sagte: „Dann bist du jetzt wohl verlobt. Hör mal, ich bin gerade unterwegs und muss jetzt auflegen. Tschüss!" Verwundert blieb ich mit dem Telefonhörer am Ohr stehen. Wow, dachte ich. Das Tut-tut-tut-tut ... wurde immer lauter in meinen Ohren. Ich legte den Telefonhörer zur Seite, setzte mich aufs Sofa und starrte ins Leere. Habe ich das gerade geträumt?, fragte ich mich. Ich schüttelte den Kopf und konnte es nicht fassen. Ich hätte mir so sehr gewünscht, dass meine Mutter sich mit mir freut, dass sie mich nach allen Einzelheiten des Abends fragt, dass sie genauso aufgeregt wie ich und für mich da wäre. Aber das war sie nicht.

Unsere standesamtliche Hochzeit feierten wir in Hamburg, in einem sehr romantischen Schloss, nur mit unserer engsten Familie. Ich erinnere mich genau an den Moment, als mein Mann und ich den festlich geschmückten Saal betraten. Unsere Eltern und die Schwester meines Mannes begrüßten uns mit Applaus, und dann spielte ein großartiger Saxophonist für uns. Es war wunderschön – und es war das Geschenk meiner Schwägerin für uns.

So fingen wir beide an, unser gemeinsames Leben aufzubauen. Mein Mann war ebenfalls gerade mit seinem Studium fertig und machte sich als Architekt selbstständig. Ich war voller Energie und Gier nach Erfolg und bewarb mich an einigen Theatern und Opernhäusern der Umgebung, auch wenn ich mir nicht sicher war, ob das der richtige Weg für mich sei. So etwas, wie ich es in meiner Zeit in Split erlebt hatte, ließ sich nicht wiederholen – es war für mich einmalig gewesen. Diese Theaterzeit woanders nochmals aufleben zu lassen, wäre wie gewollt und nicht gekonnt gewesen. Ich wollte die Erinnerung nicht übertünchen, es war in sich stimmig, der Bogen war rund, und ich fühlte, dass jetzt der Zeitpunkt für etwas ganz Neues kam. Aber was?

Eines Tages fragte mein Mann mich ins Blaue hinein: „Weshalb eröffnest du nicht eine Musikschule?" Ich war erstaunt: „Mich kennt hier doch niemand! Wie soll das gehen? Wer würde denn überhaupt kommen?" Ich wusste, wie das in Kroatien lief: Wenn man jemanden nicht wirklich gut kannte, stichfeste Empfehlungen oder Beziehungen hatte, würde man bei dieser Person keinen Unterricht nehmen. Aber ich ließ mich davon überzeugen, dass es in Deutschland anders war, dass guter Unterricht sich durchsetzen würde, egal, wie lange jemand schon vor Ort war, und wagte es, diese Idee aufzugreifen. Aber zuerst einmal wollte ich mich mit der Umgebung vertraut machen. Als ich mich gut orientiert hatte, setzte ich mich mit dem Entwurf eines Flyers auseinander, stundenlang saß ich am Computer und machte mir Gedanken darüber. Endlich war das Design fertig, wir druckten ihn in ausreichender Anzahl und verteilten ihn ein ganzes Wochenende lang bis spät in die Nacht in alle Briefkästen in der Nachbarschaft. Mittlerweile kannte ich alle Häuser und stellte mir beim Verteilen vor, wie ihre Bewohner sich zum Klavier-, Querflöten- oder Gesangsunterricht bei mir melden würden. Voller Freude und mit viel Lust zum selbstständigen Arbeiten richtete ich ein Zimmer in unserer ersten gemeinsamen Wohnung für den Unterricht ein. Als wir für die Sommerferien nach Kroatien fuhren, erreichte mich im Auto der erste Anruf von einem Interessenten, der unterrichtet werden wollte. Ich flippte fast aus vor Freude, ich konnte es kaum glauben. Ein Startpunkt war gesetzt. In der Zeit danach ging es schlagartig weiter, im Laufe des ersten Jahres schon hatte ich viele Dutzend Schüler für Klavier, Gesang und Querflöte, und ich bereitete Schüler in Musiktheorie auf die Aufnahmeprüfung an der Musikhochschule vor.

Mit meinem Mann sprach ich weiterhin Englisch, mit meinen Schülern zu Beginn auch. Das war für mich einfacher, ich fühlte mich sicherer. In Kroatien hatten wir in der Schule zuerst Englisch gelernt, später Deutsch und danach Italienisch, was ich für den Gesang belegen musste und auch in meinem Umfeld viel hörte: Meine Tante Antonella in Verona sprach eigentlich nur Italienisch, sie war mit ihrem italienischen Vater aufgewachsen, nachdem ihre Mutter, die Schwester meines Opas, bei ihrer Geburt gestorben war. Meine Cousine Giulia und mein Cousin Gianluca sprachen nur Italienisch, und auch mein Opa und meine Mutter beherrschten diese Sprache gut.

Es war bei meiner Ankunft in Deutschland für mich, als hätte ich einen fremden Kontinent betreten, fast ganz auf mich allein gestellt. Ich kannte niemanden, und die Sprache, die ich jahrelang in der Theorie gelernt hatte, war plötzlich das Tor zu dieser neuen Welt. Am Musikgymnasium und später an der Musikakademie war Deutsch für das Kunstlied und die Oper ein zentraler Bestandteil meiner Ausbildung. Ich lernte die Sprache mit großer Hingabe: die Grammatik, die Aussprache, die Literatur. Ich konnte Gedichte analysieren und Briefe verfassen, ich verstand die Schönheit und Präzision des Deutschen. Doch als ich dann tatsächlich im Land selbst ankam, merkte ich, dass mir etwas Entscheidendes fehlte: die Fähigkeit, flüssig zu sprechen. Ich fühlte mich, als würde ich durch eine Glasscheibe schauen – alles verstehen, aber nicht daran teilhaben können. Ich hatte mir in meinem Studium ein künstlerisches, poetisches Deutsch angeeignet. Es war anspruchsvoll, elegant – aber es war nicht das Deutsch des Alltags. Und doch war es ein Fundament, für das ich heute unendlich dankbar bin. Ich verstand, was die Menschen um mich herum sagten, aber ich hatte Angst, selbst zu sprechen. Es war nie gut genug. Und wenn ich nicht perfekt sein konnte, wollte ich lieber schweigen.

Und weil ich eigentlich gar nicht vorgehabt hatte, so intensiv ins Unterrichten einzusteigen, bevor ich mich in der deutschen Sprache richtig wohlfühlte, belegte ich nebenbei einen dreimonatigen Deutschkurs. Zum Ende der zweiten Woche nahm der Lehrer mich zur Seite und fragte: „Warum sind Sie eigentlich hier?" „Ich möchte Deutsch sprechen lernen." „Aber Sie können Deutsch! Sie verschwenden hier Ihre Zeit. Sie sprechen perfekt!" Ich entgegnete: „Nein, das ist nicht perfekt! Ich höre selbst meinen Akzent." Er lächelte: „Sie müssen sich nur trauen! Sprechen Sie einfach! Sie brauchen nicht mehr hier zu sitzen, gehen Sie nach Hause!" Da schöpfte ich Mut, auch wenn ich wusste, ich machte immer noch Fehler. Um mich zu verbessern, führte ich bei uns zuhause ganz spielerisch eine „deutsche Stunde" am Tag ein, in der ich mich gezielt in dieser Sprache bewegte, dann wechselte ich wieder über ins Englische. Aber irgendwann nahm ich die Hürde und entschied mich, wirklich Deutsch zu sprechen. Meine Schwiegermutter konnte kein Englisch, und wir sahen uns oft. Mit ihr hatte ich also keine Wahl, das war förderlich.

Mir wurde bald klar, dass ich nicht zurück nach Kroatien gehen würde. Ich hatte mich verliebt, ich begann, mir eine Existenz aufzubauen, ich wollte wirklich dauerhaft in Deutschland leben. Meine Musikschule wurde erstaunlich schnell sehr erfolgreich. Ich begleitete einige Kinder durch den Wettbewerb „Jugend musiziert", organisierte Konzerte mit meinen Schülern und war in der Umgebung dadurch bald recht bekannt. Das Theaterleben reizte mich immer weniger, es war mit einem Familienleben nicht kompatibel: Es gab kein Weihnachten, keine Feiertage, keine Wochenenden – das gesamte Leben spielte sich auf und hinter der Bühne ab, man war ständig unterwegs. Zwar wollte ich damals noch keine Kinder, ich fühlte mich sehr jung mit meinen fünfundzwanzig Jahren, ich war gerade erst mit dem Studium fertig. Ich wollte arbeiten, ich wollte viel schaffen, ich wollte reisen und die weite Welt sehen. Aber ich wusste, der Kinderwunsch würde kommen.

Mein Mann und ich starteten in unseren Berufen gemeinsam bei null, wir arbeiteten unglaublich viel, richteten uns eine erste gemeinsame Mietwohnung ein, dann eine zweite, die unsere Eigentumswohnung war. Immer waren wir in Bewegung, beruflich und privat. Jedes Wochenende verbrachten wir woanders. Und wir arbeiteten von früh bis spät. Oft kam ich erst abends um zehn vom Unterrichten nach Hause und musste dann noch Notenmaterial und den Unterricht für den nächsten Tag vorbereiten. Vierzehn Jahre lang führte ich meine Schule, vierzehn Jahre lang war das mein Pensum. Jedes Jahr organisierte ich mindestens zwei große Konzerte und einige kleinere Auftritte mit meinen Schülern. Es war so schön zu sehen, wie sie wuchsen, wie sie ihr Instrument mit jedem Vorspiel besser beherrschten und immer sicherer wurden. Es waren Auftritte fürs Leben, weit über das Musikalische hinaus. Auf einer Bühne zu stehen, sich selbstbewusst und selbstsicher vor vielen Leuten zu präsentieren, zu zeigen, was man kann, trägt eine große Symbolkraft in sich. Aber auch Fehler zu machen, gehört natürlich dazu, und dennoch mit Stolz weiterzuspielen. Und sich am Ende des Auftrittes zu verbeugen und den Applaus genießen zu können.

Eine „echte" Hochzeit

Durch Zufall geriet ich eines Tages an eine Gruppe von Kroaten, obwohl ich in Deutschland nicht unbedingt mit Landsleuten zu tun haben wollte. Lieber blieb ich anonym, ich hatte kein Interesse, mich zu outen, wenn jemand Kroatisch sprach. Einer aus dieser Gruppe war ein bekannter Musiker, er kam aus Split und erzählte mir, dass es eine Art „Grammy" für Künstler und Musiker aus der ganzen Welt gäbe, die in Deutschland leben, um ihr künstlerisches Werk auf diese Weise zu ehren und bekannt zu machen. „Jeder weiß, wie schwer es ist, außerhalb der Heimat Erfolge zu erzielen." Es waren Abende, an denen Menschen zusammenkamen, sich dem Künstlerverein vorstellen, ihre Arbeit präsentieren konnten und auch ihre Kandidaten nominierten. Einmal im Jahr fand die Siegerehrung in München statt. Ich wurde dort nominiert, und es erschien ein Artikel über mich in einer Fachzeitung, die auch im Ausland publiziert wurde. Davon erzählte ich meiner Mutter. „Muss das denn sein?", war ihr Kommentar. „Was sind das überhaupt für Leute? Weshalb willst du in der Zeitung erscheinen? Du bist doch verheiratet!" Nicht mit einem Wort drückte sie ihren Stolz aus – geschweige denn fragte sie, ob sie zur

Preisverleihung kommen könne, dabei hatte ich doch als Kind an allen nur möglichen Wettbewerben und Preisverleihungen teilgenommen. Wieder fand sie einen Grund zu nörgeln, und ich fühlte mich sofort verurteilt. Sie sah nicht wirklich, was ich – ihre einzige Tochter – in Deutschland machte, aber sie prahlte damit in der Heimat an Stellen und bei Menschen, die mich damit überraschten, wenn ich es mitbekam. Es gab Situationen, da hatte ich fast das Gefühl, sie sei neidisch auf mich.

Sie selbst hatte in ihren jungen Jahren eine Ausbildung zur Winzerin gemacht. Als älteste Tochter hatte sie darauf gehofft, das Weingut meines Opas weiterzuführen. Nach meiner Geburt – sie war erst zwanzig Jahre alt – blieb sie in ihrem Beruf, allerdings hatte sie sich recht bald vertriebstechnisch orientiert und wurde später, nach dem Krieg, die Geschäftsführerin eines angesehenen Weinhandels in unserer Region. Als sie ihren zweiten Mann Ivo heiratete, der eigentlich Fischer war, begannen die beiden – als Hommage an den Opa –, einen kleinen Teil seines ehemaligen Weinberges wieder gemeinsam zu kultivieren. Sie war erfolgreich, sie war in ihrem Umfeld beliebt. Ob es ihr tiefer Wunsch gewesen ist, diesen Beruf als Winzerin zu ergreifen, ob sie sich darin verwirklichte und erfüllte, kann ich nicht sagen. Ich konnte nie mit ihr darüber reden und sie offen fragen: „Was wäre dein wahrer Berufswunsch gewesen? Was hättest du gern gelernt im Leben?" Solche Gespräche hat es zwischen uns nicht gegeben. So sehr hätte ich mir gewünscht, mit meiner Mutter offen über Gefühle und Gedanken sprechen zu können und sich einfach über alles auszutauschen. Ohne Urteile. Ohne jegliche Belehrung. Ich hätte mir gewünscht, wirklich gesehen, verstanden und akzeptiert zu werden, so wie ICH bin.

Stattdessen hat sie mich gedrängt, endlich ein Kind zu bekommen. Als ich heiratete, rissen die Fragen nicht mehr ab: „Bist du schwanger?" Ich staunte: „Muss man schwanger sein, um zu heiraten?" Meine Landsleute konnten nicht begreifen, dass ich auf bestimmte Weise alles anders machte, als es in meiner Heimat üblich war. Dort lädt man mindestens zweihundert bis dreihundert oder sogar noch mehr Menschen zur Hochzeit ein – jeden, den man kennt, egal wie gut –, sonst ist es keine „echte" Hochzeit. Ich bestand darauf: „So eine Hochzeit möchte ich nicht feiern!" Ich wollte nur meine engste Familie und wirklich gute Freunde um mich herum haben, höchstens dreißig Menschen sollten es sein. Mehr nicht. Wenn das jemand übel nehmen würde, war es mir egal. Wenn das der Grund dafür wäre, dass mich jemand meiden würde, sollte er das von mir aus tun.

Ich wollte nicht in der Dorfkirche heiraten, wie es üblich gewesen wäre, ich wollte auch nicht von unserem Dorfpastor getraut werden. Ich wählte eine Kirche in Dubrovnik. Mein Mann war aus der Kirche ausgetreten, jetzt musste er wieder eintreten, ich machte ihm klar: „Für mich ist das wichtig." Als der Termin feststand, wurden zuhause bei meinen Großeltern die Bücher gewälzt, in denen man festgehalten hatte, was Menschen aus unserer Familie den jeweiligen Hochzeitspaaren anderer Familien als Geschenke gebracht hatten. Man führte diese Bücher, um zu wissen, in welchem Wert man etwas bekommen hatte und seinerseits Geschenke geben müsse. Ich sprach deutlich aus: „Ich möchte niemanden von diesen Leuten einladen! Ich kenne sie noch nicht einmal! Viele von ihnen habe ich nie in meinem Leben gesehen." Diese Menschen kamen aber in Scharen in das Haus meiner Großeltern, schon einige Wochen vor der Hochzeit, um Geschenke zu bringen. Auch Leute, die nicht eingeladen waren. Üblicherweise ist ein Zimmer im Haus für die Geschenke reserviert, die dort ausgestellt werden, dort hängt auch das Brautkleid offen aus. Alle gucken, und alles kommt doppelt und dreifach, denn keiner fragt, was man wirklich braucht. Am Ende gibt es fünf Bügeleisen und drei Bügelbretter oder zwanzig Vasen. Auch teure Dinge, die einem meist gar nicht gefallen, und damit müssen die Brautleute ihr Haus dann füllen. „Ich möchte das nicht!", sagte ich meiner Mutter. „Was sagen wir, wenn die Leute kommen?", hieß es. „Sagt: ‚Karla möchte das nicht'", schlug ich vor, „sagt einfach, wie es ist." Immer wurde die Wahrheit verschleiert, das fand ich sehr anstrengend. Nie durfte man jemandem ins Gesicht sagen, wie es wirklich war. Immer musste man so tun als ob, und dann wurde hinter dem Rücken ganz anders geredet. Für mich war das sehr schlimm, ich fand es heuchlerisch, unaufrichtig und ungerecht.

Es war ein großer Kampf, eine so andere Hochzeit in meiner Familie durchzusetzen. Ich erinnere mich, dass ein guter Freund zu Gast war, der kurz vor mir geheiratet hatte. Die Zeremonie und die Größe der Hochzeit hatte vieles in den Schatten gestellt. Er sagte zu mir: „Ich bewundere dich, wie du es geschafft hast, so eine feine Hochzeit zu arrangieren. Das hätte ich auch gern gehabt, aber es war nicht daran zu denken."

Unsere Hochzeitszeremonie fand in einer schönen, alten Kirche in der Altstadt von Dubrovnik statt. Es war ein wunderschöner Spätsommertag – und alles sehr romantisch. Meine beste Freundin Helena, die ich während meines Studiums in Pula kennengelernt hatte, war meine Trauzeugin, und Christians Schwester Sophia stand als Trauzeugin an seiner Seite. Christian hatte das Ehegelübde auf Kroatisch auszusprechen gelernt. Später machte er oft Witze darüber und sagte, er wisse eigentlich gar nicht, was er da geschworen habe und ob die Ehe überhaupt rechtskräftig sei. Der Pastor und auch die geladenen Gäste waren auf jeden Fall begeistert.

Unsere Hochzeitsfeier veranstalteten wir in einer authentischen Villa direkt am Meer, auf einer Terrasse mit Blick auf die Altstadt. Die engste Familie und Freunde machten diesen Tag zu einem ganz besonderen. Nach dem Mittagessen setzten wir unsere Feier am Strand fort. Ich fühlte mich wie in einem wunderschönen Film, es war alles genau so, wie ich es inszeniert hatte.

Arbeit kommt an erster Stelle

Mein Mann und ich kauften ein riesiges Haus, das meinen schönsten Träumen entsprach. Am Tag, an dem die Schlüsselübergabe stattfand und wir unser Haus das erste Mal als Eigentümer betraten, war ich unendlich glücklich und wahnsinnig stolz: All das hatten wir aus eigener Kraft geschafft! Ich konnte es noch gar nicht richtig fassen. Kein Mensch hatte uns dabei geholfen oder uns etwas geschenkt – wir hatten es uns ganz allein erarbeitet. Ich wollte feiern und einen Champagner öffnen, wir waren so jung und hatten schon so viel erreicht! Da sagte mein Mann aus heiterem Himmel: „Jetzt haben wir uns ein Grab geschaufelt." Ich war völlig konsterniert und setzte ihm entgegen: „Es ist wunderschön! Jetzt haben wir viel Platz, jetzt können wir auch Kinder bekommen!"

Ich hatte begonnen, darüber nachzudenken, dass es an der Zeit sei, mein Leben in etwas ruhigere Bahnen zu lenken. Ich freute mich darauf. Er erwiderte: „Wir sind finanziell so abhängig wie noch nie, wir müssen den riesigen Kredit bedienen, wir müssen mehr arbeiten als je zuvor! Jetzt passen Kinder gar nicht! Wir sind nicht mehr frei, wir müssen abbezahlen." Ich war erstaunt: „Aber wir dürfen doch leben!"

„Nein, Kinder wären eine viel zu große Verantwortung. Ich möchte auf keinen Fall einen Kinderwagen schieben oder nachts aufstehen müssen, ich brauche meine Kraft zum Arbeiten. Wenn du unbedingt Kinder möchtest, ist es okay für mich, aber dann musst du dich alleine um sie kümmern!"

Wie ich es eigentlich schon zu Beginn unserer Beziehung geahnt hatte: Hinter der Fassade des Mannes, der scheinbar alles im Griff hatte, steckte auch ein kompromissloser Pragmatiker. Arbeit und Erfolg standen für Christian über allem. Er sprach von seinen Projekten mit einem Eifer, den man selten bei Menschen sieht, und es offenbarte sich darin, wie er seine Prioritäten setzte, oft auch auf Kosten derer, die ihn am meisten liebten. Ich, seine Ehefrau – ein Kapitel, das wohl mehr von Vernunft als Leidenschaft geschrieben war –, stand Schlange hinter seiner Karriere.

Ich war schockiert und sehr, sehr traurig. Sein Statement traf mich wie ein Blitz aus heiterem Himmel – mitten in mein Herz. Natürlich sah auch ich die Wichtigkeit von Arbeit und Lebensunterhalt. Ohne das konnten wir nicht überleben. Aber das war doch nicht alles. Und war es das Wichtigste? „Bin ich dir denn nicht wichtig?", fragte ich ihn. „Doch, das bist du. Aber Arbeit kommt an erster Stelle." Ich erinnere mich an ein paar Tage, an denen es mir nicht gut gegangen war und in denen ich morgens im Bett blieb. Ich hatte Christian gebeten, noch eine Weile bei mir zu sein, um mich zu unterstützen. Er hatte das nicht ermöglichen können, er meinte zur Arbeit zu müssen, auch wenn kein dringlicher Kundentermin anstand. „Ruf den Arzt oder den Krankenwagen", riet er mir, „ich kenne mich nicht aus, ich kann dir nicht helfen."

Später stellte sich heraus, dass Christian von Anfang an nicht wirklich Kinder gewollt hatte. Wir hatten uns anscheinend nie in der Tiefe darüber verständigt, wie wir uns und unser Leben in weiterer Zukunft vor uns sahen. Wir waren uns immer einig gewesen, dass wir zuerst eine solide Basis erschaffen und uns selbst im Leben verorten wollten, ehe wir weitere Verantwortung übernehmen würden. Für mich hatte festgestanden, dass das ein Zwischenstadium war, mein Mann hatte es anders aufgefasst.

Da standen wir nun. Ich merkte, wie sehr wir uns in unserer jeweiligen Arbeit verloren hatten. Jeder hatte für sich so viel zu tun. Von außen sah alles perfekt aus. Von innen fehlte mir ganz, ganz viel. Das konnte ich mir in diesem Moment eingestehen. All das, was wir hatten, füllte mich nicht wirklich aus. Mit meinem Mann fühlte ich mich inzwischen wie Bruder und Schwester: Wir verstanden uns gut, wir ergänzten uns, wir waren ein eingespieltes Team – aber wo war unsere Liebe in der Weite dieses riesigen Hauses geblieben? Ich merkte: So kann ich nicht weitermachen bis zum Ende meines Lebens! Oft musste ich weinen, auch wenn ich mit meinen Freundinnen unterwegs war. Ich spürte ganz deutlich: Irgendetwas war nicht so, wie es sein sollte. Wenn ich Musik hörte oder selber sang, hatte ich immer einen Kloß im Hals. Es war mehr, als nur die Musik zu fühlen.

Auch Christian liebte Musik und verstand ihre Bedeutung, nicht nur als Zuhörer, sondern als aktiver Teil davon. Wir konnten das Erleben von Musik grundsätzlich gut teilen, aber ich war professionelle Musikerin, bei ihm war es ein Hobby. So sollte es bleiben, ich wollte diese Dinge nicht mischen. Das eine war seine Sache, das andere meine. Funk-Musik war sein Herzschlag, und wenn er seinen E-Bass spielte, veränderte sich etwas in ihm. Dann vergaß er die Welt, den Druck, die Erwartungen. Auf der Bühne – sei sie groß oder klein – war er einfach nur er selbst: ein Mann, der größere Träume hatte, als er je zugeben würde.

Im Sommer war ich mit meinen kroatischen Mädels unterwegs. Ich hatte lange Schulferien, viel länger als der Urlaub meines Mannes. Den Sommer verbrachten wir meist in meiner Heimat, ich flog dann jeweils vor, er kam nach. Die Mädels spürten, wie unglücklich ich war. In jenem Sommer lernten wir eine Clique kennen, die aus Spanien kam. Aus Barcelona. Die Menschen strahlten eine unglaubliche Lebensfreude aus. Das fand ich toll, und ich merkte, wie sehr mir selbst das fehlte. Ja, ich hatte ein buntes Leben, Christian und ich waren viel unterwegs, wir verreisten unglaublich oft. Wir trafen unsere Freunde, wir waren nicht einsam. Mein Mann liebte mich, da war ich sicher, und er hat viel für mich getan. Aber Arbeit war das Wichtigste, das stellten wir, und vor allem er, vor alles andere. Und natürlich ist Arbeit wichtig, aber mir fehlte bei ihm das tiefe Gefühl von Geborgenheit. Er präsentierte mich gern, ihm war wichtig, dass ich hübsch war und mich nett zurechtmachte. Vieles war nach außen gerichtet, und vieles in unserem Leben fühlte sich getrennt an: Das ist meins – das ist deins. Es gab wenig miteinander. Das Haus beispielsweise lief nur auf seinen Namen. Dabei war ich diejenige gewesen, die ein Haus hatte haben wollen, ich hatte es gesucht und für uns gefunden. Es gab nicht viele Häuser, die wir uns überhaupt zusammen angeschaut hatten. Ich hatte den Wunsch, dass wir uns unsere gemeinsame Oase schaffen und alles dafür gemeinsam tragen. Ich fragte ihn: „Weshalb läuft es auf deinen Namen? Wir gehören doch zusammen, und ich arbeite auch, um das Haus abzubezahlen?" „Du bist mit mir zusammen, es ist deins und meins, wir leben zusammen. Es spielt doch keine Rolle, auf wessen Namen es eingetragen ist. Außerdem bist du dann nicht belastet, falls etwas schiefgeht mit dem Kredit." Ich konnte ihm nicht deutlich machen, worum es mir ging. Wir kamen nicht zueinander. Mit den Autos war es ähnlich. Wir fuhren drei Autos, er bestand darauf, dass alle auf seinen Namen liefen. Eigentlich war es unwichtig, und er verstand mein Hadern damit nicht: „Wenn es eigentlich unwichtig ist, weshalb machst du ein Thema daraus?", fragte er. „Mir geht es nicht um Besitz, nicht darum, dass etwas mir auf dem Papier gehört", versuchte ich zu erklären. Ich hatte die Erfahrung gemacht, im Leben alles verloren zu haben. Ich wusste, was das bedeutet. Mir ging es nicht um den Wert des Hauses oder Autos, mir ging es um ein Gefühl: gemeinsam etwas aufzubauen. Und wenn alles baden gehen sollte, würden wir beide das gemeinsam tragen, würden gemeinsam durch dick und dünn gehen. Für ihn war es anders – das tat mir weh. Ich sehnte mich nach tiefer Zugehörigkeit, und das konnte er mir nicht geben.

Im Zusammensein mit den Spaniern, im Erleben ihrer Lebendigkeit, ihrer Spontaneität und Lebensfreude fragte ich mich oft: Ist der Unterschied, den ich so deutlich spüre, eine Mentalitätsfrage?

Mein Leben zuhause war mittlerweile unglaublich anstrengend, der Aufbau der Musikschule erforderte solchen Einsatz und war zugleich so erfolgreich, dass ich im Frühjahr ein Burnout erlitten hatte. Ich unterrichtete mehr als hundert Schüler, Erwachsene und Kinder, ich unterrichtete von morgens bis abends. Nebenbei malte ich und richtete Ausstellungen aus, ohne jemals Pausen einzulegen. Mein Mann, der vorher häufig gesagt hatte: „Stell dich doch nicht so an! Du bist doch nicht krank! Alle müssen arbeiten!", riet mir, mich zu entspannen und es ruhiger angehen zu lassen. Ich war es gewohnt, stark zu sein und meine Gefühle zu verbergen, wenn es mir schlecht ging. Es lief ja – äußerlich besehen – alles gut. Im Hintergrund aber spürte ich immer die Angst: Wie lange wird es gut gehen? Momentan habe ich Schüler, vielleicht habe ich nächstes Jahr keine mehr? Man weiß es nicht! Ich hatte das Bedürfnis, mich gegen alle Eventualitäten abzusichern. Das Credo meines Mannes, dass Arbeit das Wichtigste sei, setzte mich enorm unter Druck. Ich wollte arbeiten, ja, ich liebte meine Arbeit, ich wollte mich nicht zur Ruhe setzen, aber ich hätte das Gefühl gebraucht: „Ich fange dich auf, wenn irgendwas ist, wenn es dir nicht gut gehen sollte." Ich hätte das Gefühl gebraucht: „Du bist das Wichtigste!" Ich habe mich nicht wirklich angenommen und beschützt gefühlt.

Durch das Burnout veranlasst, begann ich eine Therapie, ansonsten funktionierte ich weiter. Ja, mein Mann unterstützte meine Therapie, aber ich blieb im täglichen Hamsterrad des Unterrichtens. Wie eine Schauspielerin schlüpfte ich morgens in meine gewohnte Rolle, ich versuchte abzuarbeiten, was auf meinem Plan stand. Alle Befindlichkeiten versuchte ich zuhause zu lassen. Oft hatte ich dann mitten im Unterricht Anfälle, ich fing unkontrollierbar an zu weinen. Dann musste ich schnell zur Toilette rennen, alles brach aus mir heraus, und ich brauchte eine Weile, um mich wieder zu beruhigen. Ich konnte mir keinen Reim darauf machen, wusste aber: Ich kann so nicht arbeiten! Die Leute sehen mir an, was war, wenn ich aus dem Badezimmer komme! Das wollte ich nicht. Zugleich konnte ich mir nicht vorstellen, beruflich auszusteigen oder auf ein Minimum zu reduzieren. Immerhin nahm ich eine Zeit lang keine neuen Schüler mehr an. Zwischenzeitlich hatte ich versucht, mit Honorarkräften zu arbeiten, um mich selbst etwas zu entlasten. Es stellte sich aber heraus, dass die Menschen wirklich kamen, um bei mir Unterricht zu nehmen. Sie hatten mich kennengelernt, und Musikunterricht ist eine sehr persönliche Sache. Um gut zusammenarbeiten zu können, muss eine harmonische, vertrauensvolle Beziehung gegeben sein. Häufig stellten wir schnell fest, dass wir auf einer Wellenlänge waren, und es entwickelten sich wirkliche Freundschaften mit meinen Schülern und Schülerinnen, egal welchen Alters.

Ich begann mit dem Unterricht morgens um acht. Vormittags kamen Erwachsene und Studenten, ab mittags dann die Schulkinder und Jugendlichen. Wenn ich neue Anfragen bekam, suchte ich nach Lücken, wie ich noch jemanden unterbringen konnte. Ein Schüler kam direkt nach dem nächsten, für den Wechsel hatte ich häufig nicht einmal fünf Minuten. Später erhielt ich Anfragen, ob ich auch Hausbesuche machen würde, und auch das wollte ich gern erfüllen. Zwei Tage war ich fortan außer Haus unterwegs, zwischen den Stunden holte ich mir schnell an der Tankstelle einen Snack und Kaffee. Wenn ich heute manchmal in einen meiner alten Tageskalender schaue, denke ich: Wie habe ich das bloß geschafft? Ich kann es mir nicht mehr vorstellen.

Ich war gefangen in einem Leben, in dem nach außen alles gut zu sein schien, in dem ich für mein Gefühl kein Recht hatte, mich zu beklagen. Wenn mein Mann seine Ängste und Sorgen vor mir ausbreitete, war ich für ihn da. Ich hörte ihm stundenlang zu, ich ermutigte ihn, ich unterstützte ihn im Aufbau seines Büros. Ich führte auch ins Feld: „Lass uns mehr leben! Wir können nicht immer nur endlos arbeiten und dann einen tollen Kurzurlaub machen! Ich möchte auch einfach mal an einem Dienstagabend das Gefühl haben, dass ich das Leben genieße – und nicht nur, wenn wir wegfahren!" Mir fehlten solche Lebensräume als Paar. Unsere Wochen waren gnadenlos durchgetaktet. Wenn wir abends um zehn nach Hause kamen, nahmen wir uns nicht die Zeit, einen guten Wein zu öffnen und einfach miteinander zu reden. „Das muss doch nicht sein", sagten wir uns. Es war, als würden wir uns selbst nicht ernst nehmen in unseren Wünschen. Wir fielen einfach müde ins Bett. Sehr oft lud ich Freunde und Familie zu uns ein, ich versuchte, das soziale Leben aufrechtzuerhalten. Ich war diejenige, die solche Anlässe initiierte, ich hungerte danach. Zu leben, nur um zu arbeiten und ab und zu Urlaub zu machen, war mir zu wenig. So sehr ich meinen Beruf liebte, ich fühlte mich mehr und mehr wie in einem Gefängnis.

In diesem Sommer mit meinen Mädels und den Spaniern wuchs in mir das Unbehagen und zugleich die ganz starke Ahnung, dass sich etwas ändern müsse. Dennoch machte ich, als wir zurückkamen, erst einmal weiter wie bisher. Ich haderte lange mit mir selbst. Eigentlich war doch alles gut? Es gab nichts wirklich Schlimmes, wegen dem ich mein Leben von Grund auf verändern und meinen Mann hätte verlassen müssen. Er war nicht gemein zu mir, er tat mir nicht weh. Das wären genug Gründe, die meine Mutter mir nennen würde, um in dieser Ehe zu bleiben. Aber irgendetwas stimmte nicht, ich fühlte es genau, und das machte mich sehr unglücklich.

Einige Zeit versuchten wir, in diesem großen Haus unseren Weg miteinander zu finden. Es wollte nicht recht gelingen. Nächtelang saß ich im Sessel in meinem Klavierzimmer und ließ die Gedanken kreisen. Mein Kopf fühlte sich bleischwer an: Ich ahnte, meine Mutter wäre entsetzt über meine Gedanken, mit ihr konnte ich auf keinen Fall darüber reden und mir einen Rat holen. Ich litt enorm, weil ich meine Ehe als gescheitert empfand, und musste achtgeben, um nicht in Selbstmitleid zu versinken. Im Grunde hatte ich mein gesamtes ernsthaftes „Erwachsenenleben" bisher mit meinem Mann geteilt. Ich kannte nur dieses Leben, es hatte sehr schön begonnen, entwickelte sich aber in meinen Augen in eine falsche Richtung.

Nach langem, schwerem Überlegen entschied ich mich: Ich kann einfach nicht mehr! Da ist nichts, was mich noch hält! Ich packe meine Sachen, und ich gehe! Ich fühlte mich bei Christian nicht mehr zuhause, ich merkte es so deutlich. Zugleich fiel mir das nach vierzehn gemeinsamen Jahren miteinander natürlich nicht leicht. Es fühlte sich vor mir selbst an wie ein Versagen. Ich hatte es nicht geschafft, mein Leben so perfekt zu führen, wie ich es mir vorgenommen hatte. Mich scheiden zu lassen, wäre wie ein Makel, wie ein Stempel. Aber ich wusste keine andere Lösung.

Eines Abends fasste ich mir ein Herz und sprach es meinem Ehemann gegenüber aus. Er fiel aus allen Wolken, er konnte nicht fassen, was ich da sagte. Er hatte gespürt, dass es mir nicht gut ging, hatte es aber nicht so ernst genommen. Die

Dimension war ihm nicht bewusst gewesen. Jetzt versuchte er, mit der neuen Realität umzugehen, er betonte immer wieder: „Mir ist das Wichtigste, dass du glücklich bist!" Ich war irritiert: „Aber genau das, was ich möchte, gibst du mir nicht. Das passt für mich nicht zusammen." „Wenn das für dich nicht passt, möchte ich dich nicht festhalten!", war seine Antwort. Ich fragte: „Bin ich dir denn wichtig? Wenn ich dir wichtig bin, würdest du doch bereit sein, alles zu tun, um unsere Trennung zu verhindern?" Dazu kam nichts von ihm. Ich spürte, in ihm existierte kein Teil mehr von mir. Genauso wenig wie in mir kein Teil von ihm zu finden war. Wir hatten uns auf unserem gemeinsamen Lebensweg verloren.

Er hätte einfach so weitergelebt, für ihn war alles gut, so sagte er. Dabei hatte es eine Situation gegeben, in der auch sein Mangel deutlich wurde. Meine Oma lag damals im Sterben, ich war nach Dubrovnik gefahren. Er feierte in diesen Tagen mit guten Freunden von uns und übernachtete dort, weil alle getrunken hatten. Als er mich am nächsten Tag anrief, klang seine Stimme anders als sonst. „Ist alles okay?", fragte ich ihn. „Ja, ja", entgegnete er. Kurz nachdem wir aufgelegt hatten, rief er nochmals an: „Ich muss dir etwas sagen: Ich bin bei Laura geblieben. Ich bin bei ihr im Bett aufgewacht, aber ich kann mich an nichts erinnern." Ich schwieg, es war mir unmöglich zu sprechen, ich konnte es nicht fassen. Mein ganzer Körper fühlte sich an wie gelähmt, und mir wurde damals klar: Irgendetwas läuft nicht gut. Das war Ausdruck von etwas, was viel tiefer lag. Wir kamen letztlich nicht richtig zusammen, und ich wurde immer unglücklicher damit.

Wir haben nicht gestritten. Wir sind nicht im Bösen auseinandergegangen. Ich kann mich erinnern, wie wir bei Christians Eltern zum Abendessen saßen und erzählten: „Wir trennen uns." Sie konnten es nicht fassen, es war auch für sie ein Schock: „Wenn man euch sieht, ist es doch alles wie immer! So trennt man sich doch nicht." Sie suchten das Drama und fanden es nicht. Natürlich waren sie enttäuscht und traurig über die Trennung. Aber es gab keine bösen Worte, keine Urteile, keine Belehrungen. Sie haben es akzeptiert, so wie es war. Sie haben mich und meine Gefühle angenommen. „Wenn Gott will, dann finden wir wieder zueinander. Wenn nicht, dann soll es so sein. So, wie es ist, ist es für mich nicht auszuhalten", erklärte ich ihnen und nahm sie in den Arm.

Ich hätte nicht allein in unserem Haus bleiben wollen, und ich wollte meinem Mann das Anwesen nicht wegnehmen. Ich hatte entschieden, mich zu trennen – dann wollte ich auch gehen. Ich hatte meinen Stolz, zudem wollte ich keine Machtspiele, und ich wusste, dass für meinen Mann das Materielle damals sehr, sehr wichtig war. So stellte ich klar: „Ich möchte nichts haben. Ich möchte nichts mitnehmen. Ich möchte nicht mal die Hälfte vom Haus, die ich ja miterarbeitet habe. Das können wir gern gegenseitig unterschreiben, und du kannst im Haus bleiben. Ich sorge für mich selbst, nur mein Klavier nehme ich mit und die Ersparnisse von meinem Konto." Ein gemeinsames Konto hatten wir nie gehabt. „Wenn wir das Haus teilen würden, würde auch nicht viel übrig bleiben. Der Kredit ist hoch", war seine schlagfertige Antwort. Mir wurde damit klar: Er wollte unsere Beziehung eigentlich gar nicht retten. Er hatte kein echtes Interesse daran, dass wir uns zusammenrauften. Das gab mir umso mehr das Gefühl, nur noch weg zu wollen. Eine einzige Bitte hatte ich noch an meinen Mann: „Könntest du mir das Geld für das Sofa geben, was ich zuletzt gekauft hatte, damit ich erst einmal etwas liquide bin?" Das billigte er mir zu. Er bestand auf meiner Unterschrift in Bezug auf den Verzicht, und ich sagte ihm, dass ich mir die sofortige Scheidung wünschen würde. Ich wollte kein Trennungsjahr abwarten, ich wollte mich nicht immer und immer wieder mit dem Thema beschäftigen! Ich wollte sofort frei sein!

Eine Woche nach unserer Entscheidung zog ich für den Übergang bei meiner Freundin Emilia ein. Sie und ihre Familie kümmerten sich liebevoll um mich und machten mir Mut. Doch abends, wenn ich in ihrem Gästezimmer allein im Bett lag, fühlte ich ein schmerzhaftes Pochen in meinem Kopf, und mein Herz klopfte unheimlich laut. Meine Gedanken schwirrten wie tausend Bienen: Ich hatte kein Zuhause mehr! Ich stand vor dem Nichts! Ganz allein. Wie sollte es weitergehen? Was hatte ich da bloß gemacht? Panik überkam mich, und ich begann am ganzen Körper zu zittern. Doch auf einmal hörte ich in mir die Stimme: „Keine Angst. Da draußen wartet ein tolles neues Leben auf dich. Du bist stark. Du schaffst alles. Es kann nur besser werden." Die dunklen Gedankenwolken verzogen sich, und ein Licht erstrahlte von innen heraus. Ich war voller Zuversicht, dass ich die richtige Entscheidung getroffen hatte und wusste: Von nun an schaue ich nur nach vorn!

Unser Anwalt staunte: „So eine Trennung habe ich noch nicht erlebt." Dass eine Frau einfach so ging, ohne Ansprüche zu stellen oder Streit anzufangen, war neu für ihn. Der Gerichtstermin war reine Formsache, die Scheidung aufgrund unserer Einigung sehr schnell erledigt. Ich erinnere mich sehr gut an den Tag. Ich kam damals aus Barcelona geflogen. Es war das erste Mal, dass ich nach unserer Trennung, die knapp vier Monate zurücklag, nach Deutschland kam. Es regnete. Die Leute liefen mit Schirmen an mir vorbei. Keiner lächelte. Alle zeigten ein grimmiges, ernstes Gesicht. Und obwohl die Stadt voller Autos und voller Menschen war, sah und fühlte sie sich für mich irgendwie leer an. Vielleicht lag es am Wetter, denn in Barcelona hatte monatelang die Sonne gestrahlt. Vielleicht lag es an der Mentalität. Vielleicht lag es an mir. Es fühlte sich alles bizarr an. Vor dem Gerichtssaal angekommen, sah ich meinen Noch-Ehemann. Wir begrüßten uns wie gute alte Freunde. Und doch waren wir irgendwie verhalten und vorsichtig miteinander. Dann betraten wir den riesengroßen Gerichtssaal, dort trennten sich unsere Wege. Mein Ehemann ging mit seinem Anwalt nach rechts, ich nach links. An der Kopfseite saß mittig der Richter. Ich wurde gefragt, wer mich vertreten würde. „Ich vertrete mich selbst!", gab ich zur Antwort – und ich fühlte Stolz. Plötzlich überkam mich eine unerträgliche Wärmewelle, die vom Fuß bis zum Kopf aufstieg, dann fing ich an, innerlich zu zittern. Mir war kalt. Der Richter begann damit, irgendwelche Paragraphen vorzulesen. Ich war nicht in der Lage zuzuhören. In meinem Kopf schwirrten schon wieder die Bienen. Auf einmal klärte sich mein Gehör, und ich hörte die Frage: „Ist das Trennungsjahr vollzogen?" Ich antwortete prompt: „Ja!" Das war es natürlich nicht, aber wir hatten es bei der Einreichung der Scheidung so angegeben. „Gibt es eine Möglichkeit, die Ehe weiterzuführen? Oder wollen die Ehegatten die Scheidung weiterhin?", fragte der Richter als Nächstes und richtete seinen Blick auf mich. Ich antwortete sehr ruhig: „Nein, ich möchte die Scheidung." Mein Mann und sein Anwalt bestätigten das, und somit erklärte der Richter unsere Ehe als geschieden.

Ich wartete auf ein besonderes Gefühl, das meiner Meinung nach bei solch einem Ereignis eintreten sollte. Aber es passierte nichts. Es war irgendwie seltsam. Christian und ich verabschiedeten uns voneinander. „Danke für alles. Es tut mir sehr leid, dass es so gekommen ist. Ich wünsche dir alles Gute. Pass auf dich auf", sagte ich zu ihm. Er erwiderte: „Danke. Das alles wünsche ich dir auch. Es war schön mit dir. Pass du auch auf dich auf." Wir schienen bemüht, zum letzten Mal unsere Zuneigung füreinander auszudrücken und mit gegenseitiger Achtung unsere Ehe zu beschließen. Ich ging einige Meter zu Fuß in einen nahe gelegenen kleinen Park, wo ich auf meine Freundin Emilia wartete. Als ich mich auf eine Bank setzte, fing ich an zu weinen. Ich konnte die Tränen nicht länger aufhalten. Ich schluchzte lange, bis das Tränenmeer erst einmal ausgetrocknet war und ich wieder ruhig atmen und tief Luft holen konnte. Dann sagte ich mir: Es ist vorbei, Karla. Hiermit geht dieses Kapitel zu Ende. Auf ins neue Leben!

Aus der Seele sprechen

Meiner Mutter zu erzählen, dass ich mich scheiden lasse, dass ich gehen würde, war schlimm für mich. Ich sprach mit ihr am Telefon darüber, sie konnte es nicht ansatzweise verstehen. „Wie? Du willst in einer Mietwohnung leben anstatt in eurem Haus?" Sie fragte nicht nach, sie war wieder nicht an Einzelheiten interessiert – sie machte mich einfach zum Buhmann. Ich hätte doch alles bekommen, ich hätte tolle Schwiegereltern, weshalb denn das jetzt? Ja, es stimmte, mit Elisabeth, meiner Schwiegermutter, konnte ich vieles teilen. Ich habe es geliebt, mit ihr spazieren zu gehen, mit ihr im Restaurant zu sitzen und mich stundenlang zu unterhalten. Oft hatten wir uns ins Auto gesetzt und waren einfach losgefahren. Sie strahlte eine unglaubliche Güte aus und hatte mich von Anfang an in ihr Herz geschlossen. Ich war „ihr Mädchen", das hatte sie mir immer wieder gesagt.
Es war für mich erschreckend festzustellen, dass ich mit Christians Mutter einen näheren und engeren Kontakt hatte als jemals mit meiner eigenen Mutter. Ich konnte mit ihr über Gefühle sprechen und sogar über das, was zwischen mir und ihrem Sohn stand. Sie hörte es sich einfach an und schaute hin. Meine Schwiegermutter konnte ich richtig fest

umarmen, von Anfang an. Ich mochte sie spüren, ich konnte ihre Nähe ertragen. Meine Mutter habe ich lieber auf Distanz, ich wollte sie nie wirklich in den Arm nehmen, bis heute nicht. Das tut mir selbst sehr weh. Als ich Kind war, verlangte sie häufig, dass ich mich auf ihren Schoß setze. Oder dass ich sie zum Abschied oder zur Begrüßung umarme. Wenn ich heute zu Besuch bin, wenn ich am Flughafen ankomme, und sie möchte mich eng begrüßen, weiche ich sehr schnell aus.

Einmal flog ich zu Ostern mit meiner Schwiegermutter nach Dubrovnik. Wir verbrachten vierzehn Tage in meiner Heimat und besuchten meine Mutter, die inzwischen mit Ivo und dessen zwei Kindern dort lebte. Ich sprach ihn mit Vornamen an, ich betrachte ihn nicht als meinen Vater, dazu war ich zu alt gewesen, als die beiden sich kennenlernten. In seinem Haus hatte ich nie mit ihnen zusammengewohnt. Wenn ich in den Semesterferien nach Hause gekommen war, hatte ich die Zeit bei meinen Großeltern verbracht oder war allein in die kleine Wohnung gezogen, die meine Mutter sich nach dem Krieg in unserem Dorf gekauft hatte. Beim Osterbesuch mit meiner Schwiegermutter übernachtete ich in einem Gästezimmer mit ihr zusammen – nicht mit meiner Mutter. So fühlte es sich richtig an, und das gab mir wieder sehr zu denken.

Meiner Mutter konnte ich nicht wirklich begreiflich machen, dass die Nähe zu meinen Schwiegereltern nichts mit der Leere in meiner Partnerschaft zu tun hatte. „Wie kannst du deinem Mann das antun?", wollte sie wissen. „Wie kann er mir das antun?", fragte ich zurück, „es geht darum, wie es mir geht." „Du hast mir mein Leben ruiniert", war ihr abschließender Kommentar zu meiner Situation. „Wenn ich überhaupt ein Leben ruiniert habe, dann meins", entgegnete ich. Daraufhin legte sie einfach auf.

Wir hatten danach eine Weile keinen Kontakt, sie erzählte niemandem in Kroatien, dass ich meinen Mann verlassen hatte. Ähnlich war es schon gewesen, als ich ihr vierzehn Jahre zuvor meine Heirat außerhalb Kroatiens angekündigt hatte. Sie konnte sich nicht mit mir freuen, es machte sie nicht froh, von meiner Liebesentscheidung zu hören. Meinem Mann warf sie vor: „Du hast mir meine Tochter weggenommen." Ich war der Meinung: „Das könntest du auch anders sehen; du hast einen Sohn dazubekommen!" Es war Liebe zwischen meinem Mann und mir, zumindest fühlte es sich damals so an, wir machten uns gegenseitig glücklich. Später verstanden die beiden sich dann zum Glück gut, die Bemerkung meiner Mutter nach der Verlobung wäre nicht nötig gewesen. Dass nun die Trennung ein Ruin für sie sein sollte, trieb mir die Tränen in die Augen. Ich irrte stundenlang in der Stadt umher und fragte mich: Mit wem konnte ich in dieser Situation wirklich reden? Wer würde mir einfach zuhören und mich verstehen? Ja, ich konnte zu meinen Freundinnen gehen, aber das war etwas anderes, als es mit der eigenen Mutter zu teilen.

In unserer Familie war es leider schwer, offen zu reden. Es wurde gefiltert oder ungefragt weitererzählt, was man jemandem anvertraute, es herrschte schnell Unverständnis oder ein Vorurteil, es wurden Halbwahrheiten verbreitet. Deshalb erzählte ich der Verwandtschaft – auch meiner Mutter – immer weniger über mein Leben. Ich behielt inzwischen eigentlich alles Wesentliche für mich, um nicht verraten zu werden, wenn jemand doch aus einer Laune heraus plauderte. Zu oft hatte ich erlebt, dass meine Tante mir Stillschweigen zusicherte, und dann kam es vor, dass sie doch damit zu meiner Mutter ging. Ich hätte es mir anders gewünscht, aber ich merkte, wie schwer es mir unter diesen Umständen fiel, mich zu öffnen, und dass es dann besser war, alles mit mir selbst auszumachen. Mein Umfeld hat mich sehr geprägt: Lieber nichts sagen!

Aus der Seele heraus konnte ich zuhause nie sprechen. Über unsere wahren Gefühle waren meine Mutter und ich nie im Austausch miteinander, obwohl sie diese Gefühlstiefe kennen musste. Sie hatte meinen Vater sehr, sehr geliebt, sie hatte später lange Zeit das Verhältnis mit dem verheirateten Mann gepflegt. Sie besaß offensichtlich das Herz, und sie hatte den Mut, aber sie konnte sich bei mir nicht darauf einlassen. Mir gestand sie nicht zu, was sie ihren Männern gegeben hatte. Das machte mich hilflos: Wie nur hätte ich an sie herankommen können, um ehrlich mit ihr zu sprechen? Um nur ein einziges Mal zu hören: „Ich verstehe dich!" Mehr brauchte ich nicht, ich meisterte mein

Leben ohnehin allein. Und ich merkte immer mehr: Irgendwie war ich ziemlich isoliert in meiner Familie – die nach außen natürlich immer die perfekte Familie mimte. Es gab nie wirklich Unterstützung für mich, im Gegenteil: Immer schon wurde ich als selbst verantwortlich für meine Taten erklärt und allzu häufig auch für schuldig. Das Gute, was ich tat, konnte meine Mutter nicht anerkennen. Das, was mich traurig machte, ließ sie nicht gelten: „Was willst du denn, es geht dir doch so gut", hieß es dann. Auch wenn es mir offensichtlich gar nicht gut ging.

Den engsten und vertrautesten Umgang innerhalb unserer Familie hatte ich mit meiner geliebten Oma. In vielen Belangen stand sie der modernen Welt offener und weitsichtiger gegenüber als ihre Töchter. Als ich meine Heimat verlassen hatte, rief ich lange Zeit lieber meine Oma an als meine Mutter, die schnell alles kritisch beäugte und hinterfragte und mich eher belehrte, als meine Begeisterung für Neues zu teilen. Wir konnten uns darüber austauschen, wie wir das Leben sahen – und wie wir es lebten. Sie hatte immer ein offenes Ohr und verstand es, mit Menschen umzugehen. Ich konnte mit ihr über alles sprechen, es gab keine Tabus. „Das Wichtigste ist immer, dass du Mensch bleibst", gab sie mir als weisen letzten Rat mit. Auch am Tag, bevor meine Oma starb, telefonierten wir lange miteinander. Stundenlang. Als sie dann von uns ging, spürte ich ein unerträgliches Loch und fühlte mich einsamer denn je. Selbst Jahre nach ihrem Tod erwischte ich mich oft dabei, wie ich zum Telefon griff, um sie anzurufen. Sie fehlt mir bis heute sehr.

Bei meiner Mutter hatte ich oft das Gefühl, sie würde sich in Wirklichkeit gar nicht für mich freuen. Wenn ich nach Hause kam und meine Erfolge in der Welt teilte, habe ich eigentlich nie ein Lob von ihr gehört oder eine herzliche Umarmung voller Stolz und Freude erfahren. Das hinzunehmen fällt mir bis heute sehr schwer. Das, was ich mir in einem völlig fremden Land in einer für mich bis dahin fremden Sprache aufgebaut habe, ist für mich groß. Und sie kann – oder will – es nicht sehen und anerkennen. Ich lebe in Deutschland so, wie man das hier in dieser Kultur erwartet. Ich fühle mich heimisch, auch wenn ich aus Kroatien hierhergezogen bin. Ich passe mich den sozialen Gegebenheiten an, und ich finde, das muss man so tun. Ja, anderen Leuten erzählt meine Mutter sehr stolz davon, aber mir konnte sie ihren Stolz auf mich nie zeigen. Das tut weh. Auch wenn ich ihr meinen Kummer klagen wollte oder um Rat fragte, tat sie es eher ab. „Dein Leben ist doch so toll, es ist doch alles gut." „Nein, Mama, es ist gerade nicht gut. Hör zu, mir geht es innerlich sehr schlecht. Da helfen mir das tollste Haus und die schönste Reise der Welt nicht weiter. Das alles hat gar keinen Wert."

Unsere Beziehung war weder von Streit noch von offenen Konflikten geprägt, aber sie hatte etwas Unnahbares, eine Distanz, die ich immer versucht hatte zu überbrücken. Zwischen meiner Mutter und mir lag ein unsichtbarer Schleier, der jede wirkliche Nähe erstickte. Es war nicht das Mutter-Tochter-Band, das ich mir aus tiefstem Herzen erträumt hätte – warm, vertrauensvoll und wie eine sichere Heimat. Stattdessen war da ein Gefühl von Unbehagen, von Vorsicht. Ich wusste, wenn ich den Mut hätte, es auszusprechen, wenn ich ihr sagen würde, dass mir etwas fehlt, dass unsere Beziehung mich nicht erfüllte, wäre sie überrascht und entsetzt. „Was meinst du damit? Es ist nicht gut? Was soll das heißen?" Ich konnte die Empörung in ihrer Stimme regelrecht hören, den aufsteigenden Ärger. Sie würde es nicht verstehen – nicht verstehen wollen oder gar können. Es gab so vieles, was ich ihr hätte erzählen wollen, so vieles, was ich in mir trug. Doch ich spürte, dass sie vieles davon gar nicht hören wollte. Sie wusste ohnehin immer alles besser. Wenn ich sprach, hatte ich häufig das Gefühl, in einen Raum zu rufen, der meine Worte sofort verschluckte. Oft fühlte ich mich nicht nur übergangen, sondern regelrecht erstickt unter ihrem Urteil. „Mama, bitte", flehte ich sie mehrmals an, „hör mir doch einfach zu. Stell dir vor, eine Freundin erzählt dir das. Würdest du deiner Freundin so antworten? Warum tust du es bei mir?" Ich versuchte, ihr zu erklären, was ich brauchte: kein Urteil, keine Lösung, sondern einfach Gehör. „Ich möchte, dass du mich hörst. Dass du mich verstehst. Lösen muss ich es sowieso selbst." Doch sie wurde ärgerlich, wie so oft, wenn ich versuchte, diese unsichtbare Mauer zwischen uns zu durchbrechen. Ihre Worte kamen zynisch, scharf wie kleine Klingen. „Ja, ja, ich bin die Böse, ich verstehe dich nie, ich habe dich psychisch misshandelt. Willst du mir das jetzt auch noch sagen?" Und dann, ohne Vorwarnung, das unvermeidliche Ende: die Tür, die mit einem lauten Knall ins Schloss fiel. Ihr Verschwinden, so plötzlich und doch so vertraut, ließ mich allein zurück – mit all dem, was ich ihr nicht hatte sagen können.

Einfach nur atmen

Wohin sollte ich jetzt gehen? Auf gar keinen Fall wollte ich zurück nach Kroatien, das spürte ich genau. Ich hätte mich endlos rechtfertigen und allen möglichen Menschen tausend Fragen nach dem Warum und Wieso beantworten müssen. Das war undenkbar für mich. Es kam für mich aber auch nicht in Frage, ein paar Straßen weiterzuziehen und meine Musikschule weiterzuführen, als wäre nichts gewesen. Nach intensivem Abwägen entschied ich mich, meinen Schülern ehrlich zu erzählen, wie es war, und die Schule – auch aus gesundheitlichen Gründen – nach vierzehn Jahren zu schließen. Jedem schickte ich einen offenen Brief. Natürlich kamen alle mit Geschenken in ihre letzten Unterrichtsstunden und drückten ihr Bedauern aus. Es war nicht leicht für mich. Wir gaben ein Abschiedskonzert, das uns alle sehr berührte. Mit vielen meiner Schüler und Schülerinnen habe ich bis heute Kontakt, sie schreiben mir zum Geburtstag und lassen mich an ihren Wegen teilhaben. Einige, die ich als Kinder schon unterrichtet habe, beenden mittlerweile ihr Musikstudium, das ist schön zu verfolgen. Mein Entschluss stand inzwischen fest: Ich wollte nach Barcelona gehen. Etwas zog mich dorthin. Ich hatte die

Telefonnummer von jemandem aus der Clique, mit der meine Freundinnen und ich im Sommer in Kroatien viel Zeit verbracht hatten, und ich wusste, wen ich wegen einer Wohngelegenheit fragen konnte. Ich war nie zuvor in Spanien gewesen, ich sprach die Sprache nicht, ich kannte niemanden dort. Ich wollte in das sonnige Land gehen, um einfach nur für mich zu sein und alles zu verarbeiten, was passiert war. Ich hatte keinen Mann, kein Haus, keinen Job mehr – alles war weg. Ich wünschte mir eine Pause. Ich wollte nicht sofort wieder arbeiten. Ich hatte keine Ahnung, was mich in Barcelona erwarten würde, und das fühlte sich gut an. Schon als ich im Landeanflug auf die Stadt hinunterschaute, fühlte ich mich irgendwie „zuhause". Ich spürte eine geballte Lebenslust in mir. Das befreite mich. Nur atmen wollte ich – und in Ruhe schauen, was werden würde. Ich hatte meine Kleidung, meine Bücher und mein Klavier eingepackt, nichts sonst nahm ich mit. Mein Klavier war mein Leben, war meine Existenz. Damit konnte ich überall arbeiten. Sein Transport nach Spanien war nicht leicht zu organisieren, zumal ich eine Wohnung gefunden hatte, die im vierzehnten Stockwerk lag. Aber ich fand eine Spedition, die alles übernahm. Vierunddreißig Kisten hatte ich dort abgegeben – und das Klavier. Es war erstaunlich, auf wie kleinem Raum mein Leben sich zusammenpacken ließ.

Vor Ort bekam ich den dringenden Rat, als erstes Katalanisch zu lernen. Das leuchtete mir ein, also belegte ich einen Intensivkurs, begleitend vertiefte ich mich ins Spanische.

Wieder eine Sprache zu lernen, bereitete mir große Freude. Über die Sprachschule bekam ich außerdem Kontakt mit netten Leuten. Mein Sprachkurs war international besucht, das habe ich genossen. Innerhalb von drei Monaten sprach ich fließend. Zum Glück, denn es war tatsächlich so, dass ich ohne Katalanisch Schwierigkeiten gehabt hätte, mit den Einheimischen gut in Verbindung zu kommen, in Barcelona Arbeit zu finden und mich einigermaßen zu integrieren. Ich habe Eheleute erlebt, bei denen einer Spanisch, einer Katalanisch sprach und auch konsequent in der jeweiligen eigenen Sprache antwortete. Sie verstanden sich und hielten zugleich jeder seine Herkunft und Kultur hoch. Die Katalanen sind stolz auf ihr Erbe und würden sich nie dem spanischen Diktat beugen.

Als ich etwa einen Monat in Barcelona verbracht hatte, rief mein Ehemann mich an: Er wolle mich besuchen kommen. Ich stimmte zu. Bei unserer Trennung hatte ich es befremdlich gefunden, dass – als ich tatsächlich meine Sachen gepackt hatte – er nie gebeten hatte: „Bitte bleib! Ich möchte, dass wir es nochmal versuchen." Er war zwar am Boden zerstört, das war ihm anzumerken, aber er hatte seine Emotionen nicht gezeigt. Jetzt offenbarte er mir am Telefon: „Du solltest wieder zu mir kommen, du bist meine Frau." „Ich möchte nicht zurückkommen", sprach ich offen aus. „Wo bist du denn, was machst du in Barcelona?" „Ich bin einfach hier, ich lebe, ich habe hier eine Wohnung. Wir können uns gern zum Kaffeetrinken treffen." Er war einverstanden, wir verabredeten uns in einem Lokal und verbrachten den Tag miteinander. Ich erzählte ihm von meinem Dasein in Spanien. „Bist du hier glücklich?", wollte er wissen, „ist es das, was du wirklich möchtest?" „Ich weiß nicht, ob es genau das ist", versuchte ich zu erklären, „aber gerade finde ich es hier wunderschön. Hier ist das Leben! Die Menschen sind draußen, es sprüht vor Vitalität, egal, wo man hinschaut. Die Leute gehen nicht nur am Wochenende abends draußen essen, sondern auch mal montagmittags!" Bei uns beiden hatte es nie Mittagspausen gegeben, weder in seinem Büro noch in meiner Musikschule. Wenn ich Christian so etwas vorgeschlagen hatte, hatte er mich gebremst: Nein, er müsse arbeiten. „Jeder Mensch macht Mittagspause", hatte ich damals argumentiert. „Die muss nicht drei Stunden dauern, eine halbe Stunde wäre auch schön. Das muss doch möglich sein!" „Nein!", da war er standhaft geblieben. Ich hatte es nicht begreifen können, es hatte mich sehr traurig gemacht. Jetzt, in Barcelona, hörte mein Mann sich alles an, was ich sagte, nahm dann ein Taxi, stieg in sein Flugzeug und reiste heim. Ein paarmal rief er danach noch an, er weinte am Telefon, beteuerte, er halte es nicht gut aus in unserem Haus, alles erinnere ihn an mich. So wirklich versuchte er aber wieder nicht, mich zurückzuholen. Ich konnte sehen, dass er großen Respekt vor der Verantwortung hatte, die er trug. Er lebte in Angst. Viele Jahre später unterhielten wir uns, und er sagte: „Ich habe einen großen Fehler gemacht. Ich habe jetzt erst verstanden, was du bei unserer Trennung damit meintest, was das Leben sei und was du von mir erwartet hast. Du hattest recht damit." Er steckte damals im Tunnel, er war eingefahren in seinen Lebensmustern, die seine Kindheit gewebt hatte. Sein Vater verließ Christians Mutter und die beiden Kinder früh, als Sohn und Ältester hatte Christian sich immer in der Verantwortung gesehen, die Familie zu erhalten, seiner Mutter zu helfen und auf die jüngere Schwester Sophia aufzupassen. Sein Vater hatte es ihm explizit aufgetragen, dadurch war seine Perspektive vorbestimmt. Bevor er mich kennenlernte, hatte er nie Urlaub gemacht. Als Kind mit seiner Familie natürlich schon, aber nicht aus eigenen Stücken, als er anfing zu arbeiten. Ich hatte ihm vorgeschlagen: „Lass uns irgendwo hinfahren!" „Wie? Wohin denn?", es war vollkommen neu für ihn. „Irgendwohin! Alles andere wird sich ergeben!" Er verstand mich nicht. Eines Morgens wachte ich auf und hatte die Idee: „Komm, lass uns mit dem Auto nach Paris fahren! Die Welt steht uns offen!" Das war für ihn unvorstellbar. Alle Reisevorschläge kamen von mir, besonders die Vorschläge, etwas spontan zu unternehmen und nicht vorher zu buchen. „Zu zweit findet man immer etwas! Wir schauen, wo es uns gefällt, und da bleiben wir. Lass uns einfach entdecken, wie es dort ist. Es gibt nichts Schöneres für mich!" All diese Dinge hat er durch mich erfahren. „Ich hätte mich nie getraut", erkannte er später, „aus meiner kleinen, überschaubaren Welt auszubrechen, wenn du nicht die treibende Kraft gewesen wärest." Und doch, trotz dieser Härte, war er ein warmherziger Familienmensch. Seine Augen leuchteten heller, wenn er von gemeinsamen Momenten erzählte. „Alles, was ich gesehen, alles, was ich erreicht habe, kam eigentlich durch dich. Und alles, was ich jetzt verstehe, hast du mir immer schon gesagt." Als er das realisierte, fiel es ihm noch schwerer, mich loszulassen. Wir schwankten beide, ob wir doch wieder zusammenkommen sollten, auch ich gab mich ihm erneut hin. Aber als Christian wieder keine klare Entscheidung treffen konnte, merkte ich, dieser Zustand tat uns beiden nicht wohl. „Jetzt ist es wirklich gut!", stellte ich klar.

Er blieb weiterhin in unserem Haus, eine gute Freundin, die auch nach unserer Trennung weiterhin Kontakt mit Christian pflegte, erzählte mir Jahre später: „Es ist alles noch haargenau so, wie du es damals eingerichtet hast. Bis hin zu den Kerzen und der Dekoration auf dem Tisch. Eigentlich ist es weiterhin dein Haus." Er lebt alleine, er möchte sich nicht fest binden, er will nach wie vor keine Kinder. Aber er besinnt sich aufs Leben, er geht aus und feiert Partys, all das, was ich damals so gerne mit ihm erlebt hätte.

Wir haben uns dieses Jahr zu Ostern in Dubrovnik gesehen. Ich war im Haus meines Opas, das inzwischen unser Ferienhaus ist und zu der Zeit gerade ausgebaut und renoviert wurde, als mein Telefon unvermittelt geklingelt hatte. Ich sah Christians Nummer und nahm an, er würde bestimmt „Frohe Ostern" wünschen wollen. So war es, anschließend sagte er: „Wir sind in Dubrovnik. Meine Freundin, meine

Mutter und ich. Es war der Wunsch meiner Mutter. Sie hat immer wieder gesagt, sie möchte diese Stadt noch einmal sehen, und allein hätte sie es nicht geschafft. Vielleicht könnten wir uns zum Kaffeetrinken treffen?" Ich hatte meine Schwiegermutter seit unserer Trennung nicht gesehen und freute mich darauf.

Leider kam die Verabredung aus verschiedenen Gründen während unserer Urlaubstage nicht zustande, aber es stellte sich heraus, dass Christian denselben Flug nach Berlin gebucht hatte wie wir. Wir sahen uns also zum Abschluss am Flughafen, seine Mutter nahm mich fest in die Arme. Christian lernte meinen jetzigen Mann und unsere kleine Tochter kennen, ich sah ihn das erste Mal mit seiner Freundin. Eine sehr nette Frau, die, wie ich finde, gut zu ihm passt. Christian und ich hatten uns seit meiner Rückkehr aus Barcelona, wo ich kurz bei seinem besten Freund gewohnt hatte, nicht gesehen. Er kam mir fast unnatürlich glücklich vor. Vielleicht war es auch einfach nur fremd für ihn, mich in meiner Mutterrolle und mit einem anderen Mann an meiner Seite zu sehen.

Ich fühlte nichts und alles zugleich. Es war unbeschreiblich. Zugleich war es eine Bestätigung dafür, dass ich meinen stimmigen Weg gegangen war und ging und dass alles genau richtig war.

III

DAS LEBEN LEBEN

Verliebt in Barcelona

Ich wollte den Geschmack des Lebens kosten. Ich hatte Sehnsucht danach, einfach da zu sein.

In Barcelona lernte ich nicht nur zwei neue Sprachen. Ich lernte auch, im Moment zu leben. Ich genoss mein neues Dasein in vollen Zügen. Die Stadt pulsierte rund um die Uhr. Und obwohl ich dort kaum jemanden kannte, fühlte ich mich nie einsam. Direkt gegenüber meiner Wohnung eröffnete ein ziemlich bekannter Interieur-Designer ein wunderschönes Café-Restaurant mit integriertem Einrichtungsshop. Ich mochte die Atmosphäre sehr, und so ging ich jeden Tag dorthin. Allein. Dieser Ort wurde mein zweites Wohnzimmer. Ich lernte viele interessante Menschen kennen und unterhielt mich mit ihnen auf Spanisch. Immer wieder verspürte ich den Wunsch, diese kostbare Zeit, diese Lebensfreude mit meiner Mutter zu teilen. Gerne hätte ich ihr jede Einzelheit beschrieben, doch dann holte mich die Vergangenheit ein, und ich sagte mir: „Nein, Karla, sie kann das nicht verstehen. Den Versuch zu unternehmen, würde dir am Ende wieder nur wehtun. Lass es lieber." Und prompt legte ich das Telefon und meine Idee beiseite und bestellte mir einen weiteren Cortado.

So sehr ich alles genoss, so sehr spürte ich, aus welch anderen Zusammenhängen ich kam. Die ganze Zeit über hatte ich eine Stimme in meinem Kopf, die plapperte: „Ist das denn vernünftig? Du gibst dein Erspartes aus, und es kommt nichts dazu. Das reicht doch nicht unendlich." Zugleich war mir klar: Jetzt ist es gerade so, es wird irgendwie gehen! Ich kann keine großen Sprünge machen, aber für das normale Leben reicht es erst einmal!

Mit einer Freundin aus dem Sprachkurs – Alba heißt sie – bin ich bis heute in guter Verbindung. Von ihr bekam ich damals den Tipp, mit ihrer Bekannten Carmen Kontakt aufzunehmen, die dabei war, eine Künstlervermittlung aufzubauen. Sie zeigte sich interessiert daran, mit mir zu sprechen und zu schauen, ob wir gemeinsam etwas auf die Beine stellen könnten. Als wir uns trafen, funkte es sofort zwischen uns, wir verstanden uns auf Anhieb. Carmen war eine sehr hübsche junge Frau. Sie strahlte eine unglaubliche Stärke und die typische spanische Lebensenergie aus. Das motivierte mich dazu, mit ihr zusammenzuarbeiten. Sie willigte ein und übernahm den technischen Teil, das Erstellen einer Website, ich war sprachlich noch nicht so weit. Wir erarbeiteten ein Portfolio mit Künstlern verschiedener Musikrichtungen, von Jazz bis Klassik. Wenn eine Firma ein Event plante oder Menschen privat eine große Feier ausrichteten und Musiker suchten, vermittelten wir. Der Name der Agentur lautete „Conciertos para ti", das bedeutet „Konzerte für dich".

Für mich war es ein neues Erleben, nicht selbst Musik zu machen, sondern Musik eher „passiv" zu vermitteln. Schnell liebte ich diese Arbeit, sie entsprach mir sehr, und die Anlässe, die wir gestalteten, konnte ich genießen. Ich lernte auf diese Art unglaublich interessante Leute kennen und merkte gar nicht, dass ich überhaupt arbeitete. Ich fühlte mich auch in keiner Weise überarbeitet, alles war gerade erst im Aufbau, mein Pensum überschaubar. Und obwohl ich einen neuen Anfang gestaltete, spürte ich keinen Druck. Alles ging mir leicht von der Hand. Ich konnte es mir sogar erlauben, mitten in der Woche mal eine Stunde am Strand spazieren zu gehen. Das alles war sehr neu für mich – und eine wahre Offenbarung. Ich fühlte, wie anders ich in solch einem Umfeld da sein konnte. Ich nahm wahr, dass ich wirklich lebte, und spürte zugleich die Verantwortung für mein eigenes Leben: Nur ich selbst konnte es zu dem formen, was es sein sollte!

Ich begann mich zu fragen: Was will ich eigentlich in Barcelona? Klar war, dass ich die Sprache besser lernen müsste, um wirklich ernst genommen zu werden. Und das wollte ich! Also entschied ich mich, länger in Spanien zu bleiben. Mein Leben war gut so, wie es sich gerade entwickelte, ich wollte mein Katalanisch und Spanisch vertiefen.

Und außerdem hatte ich mich verliebt. Mit meinem Ex-Mann war es gefühlsmäßig schon lange kühl gewesen, sodass ich mich wirklich frei fühlte. Ich war nicht mehr mit ihm zusammen, die Scheidung war abgeschlossen. Ich war offen für eine neue Liebe. Ich hatte nicht nach etwas Festem gesucht, ich hatte nicht vor, einen anderen Mann zu finden, mit dem ich Kinder bekommen würde. Das hatte ich mehr oder weniger abgeschrieben, ich wurde langsam zu alt. Außerdem waren mir Kinder nicht an sich wichtig, sondern eher als gemeinsam getragener Ausdruck einer romantischen Liebesbeziehung, in der sich damit etwas erfüllte.

Mein Leben in Barcelona gestaltete sich für mich wie die Geschichte in einem Film. Die Stadt pulsierte unter meinen Füßen, als wäre sie ein lebendiges Wesen. Die Straßen waren voller buntem Treiben, ein Durcheinander aus Stimmen, Musik und dem salzigen Duft nach Meer, gemischt mit Tapas und süßem Wein. Die Stadt, die niemals zur Ruhe kam, wurde zur Bühne für meine Liebe: eine Liebe, die heißer brannte als die Sommersonne über den Ramblas. In dieser neuen Liebesbeziehung genoss ich es, mich meinen Gefühlen auf bisher unbekannte Art hinzugeben. Die Welt um mich herum existierte für mich nur noch am Rande, wie ein verschwommener Hintergrund, den ich kaum wahrnahm, wann immer ich mit meinem Katalanen zusammenkam. Mitten im pulsierenden Herzschlag Barcelonas stand er da, unübersehbar wie die Sagrada Família. Selbst in dieser Stadt, in der Schönheit und Leidenschaft zum Alltag gehörten, fiel Xavi auf, als wäre er einem Traum entsprungen.

Oft erwischte ich mich dabei, dass ich mich fragte: Ist dies jetzt wirklich mein Leben? Passiert mir das tatsächlich so? Oder werde ich eines Tages aufwachen, und mein früheres

Leben holt mich ein? Es war so anders als alles zuvor, es war so unvorstellbar, dass mir alle diese Situationen in meinem Alltag tatsächlich passierten. Ich kenne es von mir, mein Leben auf diese Weise in Frage zu stellen. Seine Echtheit zu bezweifeln. Schon als Kind hatte ich das Gefühl, ich sei auf einer Bühne, und jemand beobachte das, was ich machte. Als würde ich permanent eine Rolle spielen, aus der ich nicht heraustreten konnte, und jemand schaute zu. Mal war es leicht und freudig, mal übte das Druck auf mich aus, immerzu performen zu müssen – und zwar auf höchstem Niveau!

Meine Latino-Liebe hatte ich durch die Clique kennengelernt, die ich im Jahr zuvor in Kroatien getroffen hatte. Xavi war ein echter Katalane, ich fühlte mich bei ihm sehr beschützt. Als Kinderarzt führte er eine eigene Praxis mitten in L'Eixample, einem Stadtteil von Barcelona, der durch seine Architektur beeindruckte. Xavi war ein Mann, der die Luft zum Knistern brachte, sobald er einen Raum betrat. Fast zwei Meter groß, mit einer schlanken, sportlichen Statur, bewegte er sich geschmeidig wie ein Tänzer. Seine braunen Augen leuchteten tief wie die Erde und glühten mitunter wie Kohlen, als würden sie Geheimnisse bergen, die jahrhundertealt waren. Sein Blick war so intensiv, dass es mir den Atem raubte. Es war, als würde er mich sehen, mich wirklich sehen, bis in die Tiefen meiner Seele. Und sein Lächeln – dieses leicht schiefe, verführerische Lächeln – war wie ein Versprechen, eine Einladung. Es trieb mich in den Wahnsinn, weil ich nie so richtig wusste, ob es ganz ehrlich war, und ich ihm zugleich einfach nicht widerstehen konnte.

Die Wärme seiner Hand auf meinem Rücken, wenn wir durch die engen, verwinkelten Gassen des Gotischen Viertels schlenderten, fühlte sich magnetisierend an. Sein Arm um meine Taille zog mich näher, fast besitzergreifend, und doch versprach die Berührung Sicherheit und ein Miteinander, das uns beide in den Bann zog. Jedes Mal, wenn er mich ansah, schien die Welt ihren Atem anzuhalten. In den Nächten, wenn Barcelona mit tausend funkelnden Lichtern erstrahlte, saßen wir oft in kleinen Bodegas und Bars, bei Rotwein und den Klängen einer Gitarre, die die Luft zum Vibrieren brachten. Xavi erzählte mir von seinen Träumen, von dem, was er gemeinsam mit mir in der weiten Welt sehen wollte, und von den Abenteuern, die wir zusammen erleben würden. Er war ein Mann, der von Freiheit sprach, von Leidenschaft und vom Leben selbst. Jedes Mal, wenn er mir dabei tief in die Augen sah, vergaß ich, dass da noch etwas anderes war: etwas, das mich zurückhielt. Ich vergaß die Zweifel. Vergaß das leise Flüstern in meinem Kopf, das mich immer wieder warnte: „Karla, er ist geschieden und hat zwei Kinder. Das möchtest du nicht! Das kommt für dich nicht in Frage!" Wenn ich ehrlich mir selbst gegenüber war, dann wusste ich, dass diese Zweifel nicht einfach verschwinden würden.

Gefühlsmäßig war diese Beziehung etwas völlig anderes als die Verbindung zu meinem Ex-Mann. Bei Christian hatte ich häufig den Eindruck gehabt, ich müsse mich verkleiden und in eine Rolle fügen, ich müsse schauspielern. Manchmal kam es mir vor, als wäre mein Mann in ein Bild von mir verliebt. Konnte das die Grundlage einer Beziehung sein? Ich hatte nicht viele Liebesverbindungen gehabt, und das Erleben mit Xavi eröffnete mir eine völlig neue Perspektive. Ich spürte so deutlich, dass dieser Mann wirklich MICH haben wollte. Ich fühlte mich so schwebend, so unbedarft. Wir lebten jede gemeinsame Minute so intensiv, wie ich es bisher nicht gekannt hatte. Es war pure Lebendigkeit.

Seine Freizeit verbrachte Xavi gerne auf seinem Boot, er war ein leidenschaftlicher Segler und nahm oft an Regatten teil. Ich kam mit ihm, auch ich erlernte das Segeln. Und ich habe es genossen. Endlich war ich wieder in mein Leben verliebt. Wenn wir uns nicht auf dem Wasser oder in den Cafés der Altstadt vergnügten, genossen wir Theater- oder Opernaufführungen und Konzerte, wir besuchten Restaurants, gingen ins Kino und an den Strand, egal, welcher Wochentag es war. In den Nächten, wenn wir gemeinsam die kleinen Clubs und Bars der Stadt durchstreiften, konnte ich nicht aufhören, ihn anzustarren.

Gemeinsam joggten wir am Wasser oder unternahmen Fahrradtouren durch die Pyrenäen. Wir fuhren mit dem Motorrad durch Barcelona, und ich liebte es, den warmen Wind auf meiner Haut zu spüren, besonders abends. An Xavis Seite stand ich zum ersten Mal seit meiner Kindheit auf Skiern. Und wir besuchten Clubs und Bars mit Livemusik,

Xavi liebte es zu tanzen. Sein Körper bewegte sich mit einer Eleganz, mit einer Leichtigkeit, die die Grenzen zwischen Musik und Mensch verschwimmen ließ. Wenn er sich im Rhythmus bewegte, war es, als würde er mit der Luft selbst flirten. Die Art, wie seine Hüften im Takt der Musik schaukelten, ließ mein Herz rasen. Flamenco, Salsa, Tango – egal, welcher Rhythmus erklang, Xavi war eins mit ihm, als sei der Tanz für ihn erfunden worden.

„Komm her", flüsterte er eines Abends, als die Gitarre in einer kleinen Gasse im El-Born-Viertel die ersten Akkorde eines Flamenco-Lieds anstimmte. Seine Stimme war rau und warm zugleich, und seine Hand streckte sich nach mir aus. Ich zögerte, fühlte das Herz in meiner Brust hämmern, doch seine Augen ließen keinen Widerspruch zu. Er nahm meine Hand, und dann war die Welt um mich herum vergessen Sobald ich seine Finger in meinen spürte, zog er mich an sich, eng, sehr eng, unsere Körper waren kaum mehr getrennt. Er führte mich, wie er alles tat – mit Selbstbewusstsein, mit einer Leidenschaft, die keine Widerrede duldete. Seine Schritte waren präzise, die Bewegungen seiner Arme kraftvoll, aber kontrolliert, und ich konnte spüren, wie seine Muskeln arbeiteten, wie sein Atem sich beschleunigte. Ich stolperte fast, meine eigenen Bewegungen schienen im Vergleich ungeschickt, doch er hielt mich sicher, ließ mich aussehen, als hätte ich Flamenco im Blut. „Lass dich einfach fallen", flüsterte er, so nah an meinem Ohr, dass ich die Gänsehaut bis in meine Fingerspitzen spürte. Der kleine Platz verschwamm um mich herum, während wir tanzten. Es gab nur Xavi, nur die Musik, nur die Hitze, die zwischen uns brannte. Ich spürte meinen und seinen starken Herzschlag zugleich. Eine fast elektrische Spannung lag in der Luft und nahm mir beinahe den Atem, mich erfasste eine unbändige Lawine an Gefühlen, wie ich sie bisher nur aus poetischen Erzählungen von einzigartigen Liebesverbindungen oder aus Liebesliedern kannte. Wie oft hatte ich mir sehnlichst gewünscht, so etwas auch einmal zu erfahren und selbst fühlen zu dürfen.

Die tiefe, liebende, selbstverständliche Fürsorge, die ich mit meinem Katalanen erfuhr, hatte ich – wenn auch auf ganz andere Weise – mit meiner ersten Liebe schon einmal gekostet. Mario war mein erster Freund, ich hatte ihn zuhause nie offen treffen dürfen, und am Ende war ich doch mit ihm zusammengekommen. Als ich zum Studieren nach Zagreb gehen wollte und dann Pula wählen musste. war mir Mario tatsächlich gefolgt. Er hatte sich für die Meeresbiologie entschieden und lebte ein Jahr mit mir in der traumhaften Küstenstadt. Damals war es eine große Liebe: Mario und kein anderer! Ich dachte, es wäre für mein ganzes Leben, auch wenn es rückblickend vielleicht eine eher highschoolmäßige Verliebtheit gewesen war. Insgesamt verbrachten wir vier Jahre miteinander. Als ich dann an die Musikakademie in Split wechselte, ging es auseinander. Und zwar deshalb, weil er sich eine Pause wünschte, er wollte für eine Zeit einfach nur alleine sein. Er beteuerte, mich zu lieben, und ich konnte es nicht verstehen. Ich war am Boden zerstört, es traf mich in meiner Prüfungszeit, und es dauerte lange, bis ich mich davon erholt hatte.

An dem Tag, als ich nach Studienende meine Sachen packte, um nach Deutschland zu gehen, klingelte es an meiner Tür, und Mario stand davor. Er wollte mir einen guten Flug und viel Glück auf meiner Reise wünschen, und fragte mich: „Ist es wirklich das, was du jetzt möchtest?" „Ja", antwortete ich ihm, „ich gehe dorthin, um die Sprache zu lernen, aber ich habe vor heimzukommen, denn es gibt das Angebot, in meiner ehemaligen Schule in Dubrovnik Musik zu unterrichten." Zum Abschied küsste er mich. Alles ging sehr schnell, ich wusste nicht, was es bedeuten sollte. „Wir sehen uns, wenn du zurückkommst", ließ er mich wissen, und ich hatte das Gefühl, er würde gern wieder anknüpfen. Als er später erfuhr, dass ich heiraten würde, rief er mich in Deutschland an. Er war mit einem Freund im Auto unterwegs, wieder fragte er mich: „Karla, ist es wirklich das, was du möchtest?" „Ja", erwiderte ich wahrheitsgetreu, „ich bin glücklich mit Christian." Er wünschte mir alles Gute und fügte hinzu: „Wenn irgendetwas sein sollte, ich bin immer für dich da. Wenn dir jemand wehtun sollte, bekommt er es mit mir zu tun." Die Erinnerung an seine fürsorgende Art lebte mit Xavi wieder auf. Mein katalanischer Geliebter war voller impulsiver Energie, das genoss ich. Zugleich gab es immer ein Unbehagen, das mir sagte: Da ist etwas nicht in Ordnung! Doch ich blendete die Warnsignale lange Zeit aus.

Eines Tages kam ich in Xavis Wohnung, ich öffnete einen Schrank, um meine Jacke aufzuhängen und mein Blick fiel auf einen Stapel mit vielen Papieren. Sofort erfasste ich, dass sie mit deutscher Schrift bedruckt waren. Das irritierte mich: Wieso Deutsch? Er spricht doch gar kein Deutsch, er hatte mit Deutschland nichts zu tun? Ich nahm das oberste Blatt und las „Gerichtsurteil Vaterschaftsunterhalt". Es wurde deutlich, dass er einen Sohn hatte – zusätzlich zu seinen zwei spanischen Töchtern, von denen ich wusste. Dieser deutsche Sohn war anscheinend nur drei oder vier Monate jünger als seine zweite Tochter in Spanien. Ich war wie erstarrt, der Boden unter meinen Füßen fing an sich zu drehen, ich bekam kaum noch Luft. Dass mir ein so nahestehender Mensch ein Kind verschwieg, egal, in welchem Konflikt er womöglich stand, war unvorstellbar für mich. Ich musste sofort mit jemandem darüber sprechen, deshalb rief ich meine enge Freundin Nina an. Nicht etwa meine Mutter, denn mir war klar, dass sie kein Verständnis für die Situation haben würde. Nina riet mir: „Sprich Xavi offen drauf an, es wird sich schon klären." Also rief ich ihn sofort in seiner Arztpraxis an: „Wann kommst du zurück?" „In einer Stunde etwa, lass uns in ein Restaurant gehen!" „Gut, so machen wir es, ich muss mit dir reden."

Ich hatte keine Ahnung, wie ich es ansprechen sollte, als er mir gegenübersaß, aber er spürte meine Distanz und fragte mich ganz direkt: „Hast du die Papiere gefunden?" „Genau, kannst du mir das bitte erklären?" Er erzählte davon, dass

er im Urlaub gewesen sei und diese Frau dort kennengelernt habe. Sie habe ihm gesagt, dass sie sicher verhüte, und
hätte ihm dann das Kind untergejubelt. Er habe nicht gewollt, dass sie es bekomme, denn er lebte damals in seiner
Beziehung mit einer spanischen Frau, die bereits schwanger
von ihm war. Als ich ihn kennenlernte, war diese spanische
Tochter siebzehn. Für seinen deutschen Sohn musste er
Unterhalt zahlen, hatte aber weder Kontakt zu ihm noch
zu dessen Mutter. Ich fragte ihn, ob seine Ex-Frau davon
wisse. „Ja, es ist rausgekommen, es war ein riesiges Theater."
„Du hast deine Frau, die Mutter deiner spanischen Kinder,
betrogen!", stellte ich klar. „Ja, es war nie gut zwischen uns,
und damals wussten wir nicht, ob wir zusammenbleiben
würden."
Für mich fühlte sich das alles sehr fragwürdig an, aber
Xavi war ein Mann, der das Leben in vollen Zügen genoss,
und das wollte ich an seiner Seite noch ein wenig länger
auskosten – auch wenn ich tief in meinem Herzen wusste:
Dieser Mann war wie Barcelona selbst. Ein Ort, den man
niemals ganz besitzen konnte. Xavi war ein Feuer, das so
heiß brannte, dass es mich verschlingen konnte. Zugleich
blieb etwas in ihm immer unerreichbar. Und obwohl ich es
spürte, obwohl ich wusste, dass ich ihn nicht für immer halten konnte, war ich noch nicht bereit, ihn loszulassen. Das
Zusammensein mit ihm war wie eine Droge, eine Flucht
in ein Leben voller Intensität und Sinnlichkeit. Ich wusste,
dass ich ihn eines Tages gehen lassen musste, doch nicht

heute. Noch nicht. Denn wenn Xavi tanzte, wenn er mich an sich zog und mich durch die Straßen Barcelonas führte, durchfloss mich ein Gefühl, das mich leben ließ, wie ich noch nie gelebt hatte. Wenn ich mich im Rhythmus seiner Bewegungen verlor, wusste ich nur eines: Solange Xavi meine Hand hielt, wollte ich diesen Traum nicht enden lassen. Xavi sprach davon, mich zu heiraten. Er wolle Kinder mit mir. Er sagte all die Worte, die ich mir von meinem Ex-Mann gewünscht hatte. Wir zogen vor Ablauf meines ersten Jahres in Barcelona mitsamt meinem Klavier in eine gemeinsame Wohnung ein. Gleichzeitig rieb ich mich an seiner Geschichte und an der Tatsache, dass er Kinder hatte, geschieden war und noch dazu eine unglückliche Vaterschaft in Deutschland. Meine Freunde redeten mir ins Gewissen: „Wenn du in deinem Alter einen Mann finden willst, der keine Familie hat, keine Kinder und nicht getrennt ist, kannst du einpacken. Das würde schon an ein Wunder grenzen. Und ließe das nicht auch merkwürdige Rückschlüsse auf solch einen Mann zu? Würdest du ihn wollen? Auch du warst doch schon verheiratet!" Ja, das stimmte. Aber ich hatte keine Kinder. Und wenn es Kinder in einer Trennungsgeschichte gibt, dann gibt es immer Probleme. Das musste ich nicht haben!

Und doch blieb ich bei Xavi. Obwohl die beiden lange schon geschieden waren, gab es immer wieder große Debakel mit seiner Ex-Frau. Vor allem, als sie erfuhr, dass er wieder jemanden an seiner Seite hatte. Er hielt zu mir, sie untersagte mir, seine Kinder zu sehen. Manchmal kochte ich bei uns für seine Kinder und ging dann nach draußen, damit sie mich nicht trafen. Es war wirklich schwierig, aber wir gingen diesen Weg. Und wir zogen nochmals um, diesmal in ein gemeinsames Haus.

Zu jener Zeit war die Mutter von Ivo in Dubrovnik schwer krank. Meine Mutter pflegte sie gemeinsam mit ihrem Schwager, bis sie mich eines Tages anrief: „Lena ist gestorben." Sie bat mich zu kommen und an ihrer Seite zu sein, und ich willigte ein und flog allein nach Dubrovnik. Ich freute mich über ihre Bitte und das Vertrauen, was darin mitschwang. Es gab mir Hoffnung. Vielleicht würde sich doch noch eine Tür öffnen?

Die Visitenkarte

Als ich zurückkam, erwartete Xavi mich am Flughafen, einen Strauß Blumen in der Hand und sein leicht schiefes, verführerisches Lächeln auf den Lippen. „Wie war dein Flug?", fragte er, während er mich umarmte. Doch ich spürte eine winzige Zurückhaltung, etwas, das mir bisher verborgen geblieben war. Auf dem Weg vom Flughafen in die Stadt schlug er vor, in mein Lieblingsrestaurant zu gehen – eine kleine Tapasbar mit Blick auf den Hafen. Ich willigte ein, obwohl die unerwartete Spannung in der Luft mich kaum zu Atem kommen ließ. Er trank ein Glas Rotwein zu viel, und so übernahm ich auf dem Heimweg das Steuer. Xavi saß still auf dem Beifahrersitz, den Blick starr auf sein Handy gerichtet. Seine Finger huschten über den Bildschirm, hektisch, fast panisch. Ich bemerkte es. „Alles okay?", fragte ich beiläufig, doch mein Blick blieb kurz auf seinem Gesicht haften. „Ja, nur ein paar Nachrichten von der Arbeit", murmelte er, ohne aufzusehen. Es klang falsch, wie auswendig gelernt. Die fast nervöse Unsicherheit in meiner Brust wuchs an. Ich kannte Xavi, jede Regung seines Gesichts, jede unbewusste Bewegung seiner Hände. Hier war etwas anders. Zuhause angekommen, stellte ich meine Tasche ab, während Xavi sein Handy in die Hosentasche schob, als wolle er es vor meinen Augen verbergen. „Was machst du da die ganze Zeit?", fragte ich, diesmal in einem schärferen Ton. „Nichts Wichtiges, nur arbeitsbezogene Sachen", antwortete er zu schnell. Doch ich ließ nicht locker. „Zeig's mir." Seine Hand zögerte, als er das Handy aus der Tasche zog. Gerade als er es mir geben wollte, erkannte ich an der winzigen Verzögerung in seiner Geste, an der Art, wie sein Daumen über den Bildschirm wischte, dass er etwas löschte. Meine Stimme war nun fest: „Xavi, was löschst du gerade?" Er wich meinem Blick aus, reichte mir dann jedoch widerwillig das Telefon. Ich scrollte durch die Nachrichten. Es dauerte nicht lange, bis ich das Bild fand: ein Selfie von Xavi im Poloshirt und mit Sonnenbrille, aufgenommen auf seinem Segelboot am vergangenen Wochenende. Darunter eine Nachricht: „Ein perfekter Tag, ich hätte Dich gerne dabeigehabt." Gesendet an „Nuria". Mein Herz setzte für einen Schlag aus. Es war, als ob alle Puzzleteile mit einem Mal an ihren Platz fielen. Ich blickte ihn an, und die schmerzhafte Wahrheit stand in seinen Augen geschrieben. „Nuria?", fragte ich leise, mit einer Mischung aus Verletztheit und Ungläubigkeit. Xavi öffnete den Mund, um etwas zu sagen, doch keine Worte kamen heraus. Die Stille zwischen uns war erdrückend – eine Sprachlosigkeit, die weder entschuldigt noch wieder gefüllt werden konnte. In diesem Moment wurde mir klar: Ich muss weg! Ich brauche gar nicht erst den Versuch zu unternehmen, etwas zu kitten! Vielleicht hätte ich es ahnen können, aber ich hatte es mir immer wieder selbst untersagt, weil vieles mit Xavi einfach zu schön war. Ich hatte mich voll und ganz auf ihn verlassen wollen. Jetzt fiel ich mit einem Schlag aus dem warmen, weichen Nest, das ich mir mit ihm gebaut hatte. Das war schlimm für mich. Dieses Desaster schien alle alten Erfahrungen zu bestätigen. „Siehst du, du kannst niemandem vertrauen", musste ich mir selbst eingestehen. Andererseits hatte es ohnehin angestanden, mich zu entscheiden, wo ich mein weiteres Leben verbringen wollte. Und natürlich fragte ich mich in dieser Situation einmal mehr: Ist Barcelona noch stimmig als Lebensmittelpunkt? Ich hatte das Flair dieser wunderschönen Stadt fünf Jahre lang intensiv eingeatmet. Es konnte kaum besser werden, und ich wollte nicht ins Vergleichen kommen. Von dem großen Haus aus wieder in eine Wohnung in die Innenstadt zu ziehen, machte in meinen Augen nicht wirklich Sinn. Und die Musikvermittlung hatte eine Weile wunderbar gepasst, zugleich wusste ich: Das würde ich nicht für den Rest meines Lebens machen wollen! Es war ein bisschen wie nach meinem Studium in Split. Das Theaterleben war so erfüllend, so reichhaltig und alles bestimmend gewesen, dass ich mir nicht vorstellen konnte, irgendwo am Theater in derselben Intensität anzuknüpfen. Ich hatte gewusst: Diese Lebensphase geht zu Ende, es kommt etwas ganz Neues, was wieder unvergleichlich sein würde. Und auch jetzt wusste ich: Der Zeitpunkt ist gekommen!

Zudem gingen meine Ersparnisse langsam zur Neige. Es brauchte wieder eine „ernsthafte" Beschäftigung, um Geld zu verdienen, und die Singakademie in Potsdam hatte mir eine Stelle als Dozentin angeboten. Der Kontakt hatte sich über alte Bekannte angebahnt. Wie wäre es, ein halbes Jahr nach Deutschland zu gehen und es mit dieser Position auszuprobieren, überlegte ich. Das wäre wirklich ein Neubeginn – es musste ja nicht dauerhaft sein. Dass ich wieder in Deutschland leben wollen würde, erschien mir damals nicht sehr wahrscheinlich.

So flog ich nach Berlin und suchte eine Unterkunft in Potsdam. Ich war über die Jahre im guten Kontakt mit Emanuel, dem besten Freund meines Ex-Mannes, gewesen, der mit seiner Freundin ganz in der Nähe lebte und als Eventmanager viel in der Umgebung unterwegs war. Überraschend lud er mich ein, meine Zelte für den Übergang bei ihm und seiner Freundin im Gästezimmer aufzuschlagen. In der Praxis stellte sich schnell heraus, dass dieses Arrangement nicht trug. Es war auf seiner Seite inspiriert von dem Wunsch, dass ich wieder mit Christian zusammenkommen möge. Mein Ex-Mann und ich sahen uns, es begann eine neue Schleife unserer Beziehung, obwohl er eigentlich eine Freundin hatte. Es sei keine ernstzunehmende Beziehung, versicherte er mir glaubhaft. Er rief mich regelmäßig an, wir redeten bis spät in die Nacht. Ich merkte, er hielt wieder sehr an mir fest, es entwickelte sich völlig chaotisch, brachte viel Unruhe in mein Leben, und ich traf die Entscheidung: Das will ich so nicht!

Als ich Sommerferien in Kroatien machte, erreichte mich eine Nachricht meiner deutschen Gastgeber: „Wir haben alle deine Sachen zusammengepackt. Bei deiner Rückkehr kannst du nicht mehr zu uns kommen, es ist uns zu viel." Emanuel war sich inzwischen im Klaren, dass es zwischen mir und seinem besten Freund endgültig aus war. Nun musste auch mein Klavier eine neue Bleibe finden. Über den Spediteur, der für mich den Klaviertransport nach Barcelona und zurück organisiert hatte, bekam ich den Kontakt eines Klaviergeschäftes in Berlin. Dort rief ich an und fragte: „Kennen Sie jemanden, bei dem ich mein Klavier unterstellen kann, bis ich weiß, wohin ich ziehe?" Die Stimme am anderen Ende antwortete schlicht und freundlich: „Bringen Sie es hierher, ich werde mich darum kümmern. Ich habe eine Halle, die sich eignet." Das erleichterte mich ungemein.

Ich stand wie im Leeren und fragte mich innerlich: Wo soll ich jetzt hin? Glücklicherweise ergab sich ein Hinweis über einen Arbeitskollegen, und ich konnte relativ schnell eine neue Wohnung beziehen. Ich war froh, endlich einen Ort für mich zu haben und dort alleine zu sein. Um mein Leben finanzieren zu können, begann ich wieder, sehr viel zu arbeiten. Zusätzlich zu der Dozentenstelle für Gesang und Klavier an der Akademie übernahm ich die pädagogische Leitung einer Sprachschule und fing nebenbei wieder an, privaten Klavierunterricht zu geben. Schnell fiel ich in mein altes Muster, drei Jobs zu bedienen und von morgens bis abends unterwegs zu sein. Immerhin hatte ich so eine finanzielle Basis, meine Existenz war gesichert, und von hier aus konnte ich ganz in Ruhe schauen, wie es weitergehen sollte. Es eilte nicht, den Ort meiner nächsten Bestimmung zu finden.

So blieb es, bis ich meinen zweiten Mann kennenlernte. Ich hatte mich gerade in einem Steinway-Klavierhaus vorgestellt, in deren Gesamtlistung ich als Klavierlehrerin aufgenommen war, um deutlich zu machen, dass ich wieder in Deutschland war und Klavierunterricht gab oder für Auftritte zur Verfügung stand. Nebenan war ein Café, und ich gönnte mir dort eine kleine Pause. Zuerst telefonierte ich kurz mit meiner Mutter, dann mit meiner langjährigen, sehr engen Freundin Nina, die viel von mir wusste. Sie war die einzige Kroatin, deren nahe Bekanntschaft ich in Deutschland gemacht hatte. Als Malerin hatte sie mich in einer Galerie beraten, meine eigentliche Ansprechpartnerin hatte an dem Tag eilig losgemusst und freudestrahlend gesagt: „Meine Kollegin hilft dir weiter, sie ist unglaublich kompetent – und außerdem ist sie deine Landsmännin." Ich verdrehte innerlich die Augen: Das war das Letzte, was ich mir wünschte. Zumeist war es sogar so, dass Menschen, die für Kroaten gehalten wurden oder sich als solche ausgaben, in Wirklichkeit aus Serbien oder Bosnien kamen. Dass sie behaupteten, sie seien aus der Nähe von Dubrovnik, und dann kam heraus, sie stammten aus Sarajevo. Das liegt nicht in der Nähe von Dubrovnik, das ist auch nicht Kroatien! Diese

Empfindlichkeit hat sich durch die Kriegserfahrung vertieft. Es ist für mich eine Grenze, die nicht unterwandert werden darf. So waren wir beide erst einmal sehr vorsichtig miteinander, wir unterhielten uns auf Deutsch und zögerten auszusprechen, woher wir jeweils kamen. Als sie offenbarte, dass sie von einer Insel vor Split kam, jubelte ich innerlich. Irgendwann später – nachdem Nina und ich uns gegenseitig ans Herz gewachsen waren – gestanden wir uns, dass wir in den ersten Minuten unserer Begegnung beide dasselbe gedacht hatten. Seither gehen wir miteinander durch dick und dünn. Uns verbinden ähnliche Lebensläufe und ein roter Liebesfaden, der sich jeweils durch unser Leben gezogen hatte. Nina ist einige Jahre älter als ich, und ich fühle mich sehr verstanden von ihr.

Während ich im Café mit Nina am Telefon die neueste Entwicklung meines Weges teilte, kam ein Mann direkt auf mich zu. Ich hatte ihn vorher schon bemerkt, mir gefiel seine heitere Ausstrahlung. Ich unterbrach mein Telefonat und sah ihn fragend an. „Entschuldigen Sie bitte", waren seine Worte, „vielleicht hätten Sie Lust, mit mir bei Gelegenheit Kaffee trinken zu gehen." Mit diesen Worten legte er seine Visitenkarte vor mir auf den Tisch, seine private Telefonnummer hatte er eingekreist. Ich wusste nicht, was ich sagen sollte, ich konnte gerade noch herausbringen: „Ich heiße Karla." Er erwiderte: „Ich bin Noah", dann war er weg. Ich erzählte meiner Freundin brühwarm, was gerade geschehen war, sie lachte und ermunterte mich: „Ruf doch einfach an." „Meinst du? Das habe ich noch nie in meinem Leben gemacht. Er ist ein wildfremder Mensch." „Wie sah er denn aus?" „Sehr gepflegt und chic gekleidet, aber was weiß ich, wer er ist. Auf der Visitenkarte steht IT-Manager. Das ist alles, was ich sagen kann." „Du kennst bisher keine Menschen in deiner Umgebung. Öffne dich! Du sollst doch nicht direkt eine Liebesbeziehung beginnen." Es stimmte, ich hatte kein soziales Leben, ich arbeitete rund um die Uhr. Zwei Tage später fuhr ich nach Berlin zu einem Sprachinstitut, um mir meine Spanischkenntnisse zertifizieren zu lassen. Ich wollte es offiziell machen, ich wollte mir alle Möglichkeiten offenhalten, in Spanien oder mit Spanisch arbeiten zu können. Noah hatte sein Büro ganz in der Nähe, das konnte ich seiner Visitenkarte entnehmen. Ich schrieb ihm eine Nachricht: „Ich hätte eine Stunde Zeit, dann muss ich zur Akademie. Wenn Du Lust hast, können wir gerne Kaffee trinken." Er war sofort bereit, und wir verabredeten uns. Von Anfang an genoss ich die vertraute Atmosphäre zwischen uns, das kannte ich von den Deutschen so nicht. Noah war sehr offen, ich erfuhr einiges über ihn gleich bei unserem ersten Treffen. Beruflich ging er gerade durch eine schwere Lebensphase. Aus seiner IT-Firma, die er gemeinsam mit seinem besten Freund fünfzehn Jahre lang erfolgreich geführt hatte, war er vor ein paar Monaten ausgestiegen. Es hatte wohl schon länger Unstimmigkeiten zwischen den beiden gegeben, und Noah musste feststellen, dass sein Freund ihn hintergangen und betrogen hatte. Wie es aussah, stand er vor dem finanziellen Ruin und wusste nicht, wie es weitergehen sollte.

Es zeigte sich schnell, dass auch er sehr gut Klavier spielte. Mir imponierte das. Ich hatte mir immer einen Gefährten an meiner Seite gewünscht, der singt und Klavier spielen kann. Bisher war mir das nicht geglückt.

An Noahs Seite

Dieser Mann gefiel mir sehr, als Mensch berührte er mich. Er war der Inbegriff von Eleganz und Wärme – ein Mann, der Räume nicht einfach betrat, sondern sie erfüllte, ohne dabei laut oder aufdringlich zu wirken. Groß, mit einer Haltung, die Selbstbewusstsein und Sanftmut zugleich ausstrahlte und die Menschen magisch anzog. Sein Gesicht war fein geschnitten, mit hohen Wangenknochen und einem markanten Kinn. Seine Augen betrachteten die Welt mit einer Mischung aus Neugier und Verständnis und schienen jedem Menschen zu sagen: „Ich sehe dich. Wirklich."

Sein Stil war so mühelos wie beeindruckend. Egal, ob er einen perfekt sitzenden Anzug aus feinem Stoff oder eine lässige Kombination aus Hemd und Pullover trug – jedes Detail passte. Die Manschettenknöpfe, die er sorgfältig auswählte, die Farben, die seine Augen und sein Haar betonten, bis hin zu den Schuhen, die stets poliert und doch nie protzig wirkten. Er hatte eine Art, sich zu kleiden, die nichts mit Eitelkeit zu tun hatte, sondern mit Respekt vor sich selbst und vor der Welt.

Seine wahre Schönheit aber lag nicht in seinem Äußeren, sondern in der stillen Freude, die er ausstrahlte und die sich auf alle um ihn herum übertrug. Ich empfand ihn als lebensfroh, vom Wesen schien er mir sehr ähnlich zu sein, und ich mochte es sehr, wenn er mich aus seinen unglaublich warmen Augen anschaute. Noah hatte die Gabe, mich zum Lachen zu bringen, und das mit einer Leichtigkeit, die mich jedes Mal aufs Neue überraschte. Sein Humor war wie ein Spiegel meines eigenen, und nicht selten ertappten wir uns dabei, wie wir im selben Moment dieselben Worte fanden, als würden unsere Gedanken heimlich im Gleichklang schwingen.

In unregelmäßigen Abständen trafen wir uns in meiner Mittagspause auf einen Kaffee oder zum Spazierengehen, und es machte mir immer Freude, mit ihm zusammen zu sein. Es hatte nichts zu tun mit der großen emotionalen Wucht, die mir der Katalane entgegengebracht hatte. Nichts deutete auf eine tiefergehende Beziehungsebene hin, ich hatte nicht das Gefühl, verliebt zu sein. Es war etwas sehr Spezielles. Ein Gefühl, das ich noch nicht kannte und das ich zugleich sehr genoss.

Einmal lud Noah mich zum Abendessen ein, und ich wusste es nicht zu deuten. Bisher hatten wir uns nur tagsüber getroffen. Ich schrieb ihm eine Nachricht: „Ist das jetzt ein Date?" Er konnte mit meiner Frage nichts anfangen, ich konkretisierte: „Ich möchte keine Erwartungen schüren! Also wird das ein ‚kein Date'!"

Mit meinem ersten Mann hatte ich mir die Geschichte wie in einem Bilderbuch ausgemalt: Zwei Menschen liebten sich, aus Liebe wird große Liebe, ein Haus kommt dazu, Wunschkinder und ein harmonisches Familienleben … Als alles dann anders kam, war mir klar: Dieser Wunsch bleibt unerfüllt, etwas ist kaputtgegangen! Ich hätte gern vier Kinder bekommen, aber ich war nicht mehr fünfundzwanzig. Stattdessen war ich geschieden, das ließ sich nicht rückgängig machen. Ich hatte mich auf bestimmte Weise damit abgefunden, ohne Familie und auch ohne Kinder zu bleiben. Nun hatte ich Angst, dass Noah mehr wollte. Nach den Turbulenzen der Jahre zuvor war ich froh, mit mir selbst zu sein. Und auch wenn eigentlich nichts zwischen uns in der Luft lag, war für mich sofort klar: Wir können befreundet sein, mehr nicht. Ich möchte keine neue Beziehung! Liebesbeziehungen hatte ich vorerst ad acta gelegt.

Nach unserem Essen brachte mich Noah in seinem Auto zu dem Parkhaus, wo ich mein Auto abgestellt hatte. Er beugte sich zu mir und wollte mir einen Kuss geben. Also doch! „Ich weiß nicht, ob ich dafür bereit bin", sagte ich ihm ehrlich. Dabei blieb es dann zwischen uns, er respektierte meine Haltung, auch wenn immer wieder deutlich zum Ausdruck kam, wie sehr er mich mochte. Das imponierte mir sehr. Er war ein Gentleman.

Im Frühjahr hörte ich lange Zeit nichts von ihm, als ich im Sommer in Kroatien war, begann er wieder zu schreiben: Er mache Urlaub in Frankreich, und er habe noch ein paar Tage länger frei. „Ich würde dich gerne besuchen", schrieb er mir. Ich war alleine in dem alten Haus meiner

Großeltern, und ich wusste: Wenn ich dort einen Mann empfangen würde, würde die Nachbarschaft sofort davon ausgehen, dass es etwas Ernstes sei. Zumal an diesem Wochenende in unserem Dorf ein großes Fest stattfand, zu dem alle hingingen. Ich konnte mich nicht öffentlich mit ihm zeigen. Leise meldete ich meine Bedenken bei Noah an, ob sich der Aufwand lohnen würde, zu mir zu fliegen. Wegen der Anschlüsse könne er eh nur anderthalb Tage bleiben. „Wenn ich zurückkomme, verabreden wir uns", schlug ich ihm vor, „das ist viel einfacher." Er aber ließ sich nicht beirren, er kam. Ich suchte wohlweislich Orte und Plätze für Ausflüge aus, an denen mich niemand kannte, sodass keine Gerüchte aufkommen würden. Am Abend überkam mich dann aber die Lust auf das Dorffest, und wir gingen zusammen hin. Ich stellte meinen Freunden Noah als guten Bekannten aus Deutschland vor, der hier auf seiner Durchreise sei.

Mir selbst war aber plötzlich alles unklar. Als Noah in meine Heimat kam, schien es mir manchmal, als wolle er eine Beziehung mit mir, dann aber wieder doch nicht. Ich war völlig verwirrt und wollte unbedingt verhindern, dass er von anderen Annahmen ausging als ich, deshalb traf ich schließlich eine Entscheidung: „Weißt du was?", schlug ich ihm vor. „Du bist hier auf meinem Terrain, und auf meinem Terrain sind wir jetzt einfach zusammen! Ich mag dich sehr, mir tut deine Gesellschaft gut, ich fühle mich wohl mit dir." Ich wusste selbst nicht, woher ich diese Entschiedenheit nahm.

Aber ich wusste, ich musste das Ganze auf neue Beine stellen. So ging es mir oft in meinem Leben: Ich brauchte klare Verhältnisse, egal, worum es ging. Ich wollte immer genau wissen, was Sache war, und vor allem, wo eine Beziehung stand. Bei Noah fiel es mir nicht leicht, das zu definieren. Mit Zwischenzuständen konnte ich schwer umgehen. Ich bin nicht jemand für eine Nacht, auch nicht für fünf Nächte. Ich bin kein Lückenbüßer, ich brauche Klarheit, in welche Kategorie ich gehöre. Entweder ganz „Ja" oder ganz „Nein". Noah schaute mich an, lachte und sagte einfach: „Ja, gut. Ich bin bereit."

Da begann unsere Beziehung – sie dauert bis heute.

Ich wusste, dass es für mich nicht leicht sein würde, und ich erzählte ihm von der Spannung, die ich in Spanien mit Xavi erlebt hatte. „Ich bin dir treu, ich habe mich für dich entschieden. Aber ich kann dir nicht versprechen, ob ich bleibe, wenn es mir zu viel wird. Es kann sein, dass ich es nicht aushalte. Mir ist in meinem Leben zu viel passiert." Als ich nach unserem Kurzurlaub in Dubrovnik realisierte, was für Auswirkungen meine Entscheidung für Noah in meinem Leben haben würde, versuchte ich noch einmal Reißaus zu nehmen und mich gegen diese Verbindung auszusprechen. Ich beschloss, es Noah möglichst schnell wissen zu lassen, damit er sich keine weiteren Hoffnungen machte. Als wir uns das nächste Mal verabredeten, wollte ich ihm sagen, dass wir befreundet sein können, dass ich aber keine Liebesbeziehung mehr möchte. Doch noch bevor ich meinen Unterricht an der Akademie nachmittags beendet hatte, klingelte das Telefon. Ich sah, dass es Noah war und wunderte mich. Er wusste, dass ich noch unterrichtete. „Ich liege in der Notaufnahme im Krankenhaus", sagte er, als ich das Gespräch annahm. Er habe sich beim Sport die Achillessehne gerissen. „Sie behalten mich gleich da, kannst du mir vielleicht ein paar persönliche Dinge vorbeibringen?" Das hieß, ich konnte ihm nicht sofort offenbaren, was ich eigentlich sagen wollte. Zugleich zwang mich das Schicksal, für ihn zu sorgen – und irgendwann musste ich mir lachend eingestehen, dass es zu spät war, einen Rückzieher zu machen. Ein Schritt hatte den nächsten ergeben, ich sah es deutlich und sprach aus: „Noah, ich komme von dir nicht weg, egal, was ich versuche – ich kann einfach nicht ohne dich sein!"

Wir beschritten unseren gemeinsamen Weg anfangs sehr vorsichtig, auch wenn die Übereinkunft klar ausgesprochen war. Und natürlich gab es immer wieder Hindernisse und schwierige Situationen. Die große Belastung durch Noahs Firma war oftmals kaum auszuhalten. Er stand unter enormen Druck, und manches Mal fragte ich mich selbst: Weshalb mache ich es mir so schwer? In der Tiefe merkte ich dann jeweils schnell: Dieser Mann steht voll und ganz hinter mir, mit allem, was dazugehört.

Er war immer da, ob in den ersten stillen Minuten des Tages, wenn ich morgens noch verschlafen durch die Küche schlurfte, oder in den großen Krisen, wenn die Welt mich zu verschlingen drohte. Er hörte mir zu – wirklich zu – und verstand Dinge, die ich selbst noch nicht in Worte gefasst hatte. Wenn ich zweifelte, war er da, nicht mit schönen Phrasen, sondern mit Taten und einer stillen, bedingungslosen Unterstützung. Er liebte mich mit einer Intensität, die nie überwältigte, sondern wärmte, wie eine Sonne, die immerzu schien. Er kannte meine Träume, meine Ängste, die kleinen Dinge, die mich zum Lachen brachten, und die stillen Momente, in denen ich seine Hand suchte. Und er war immer bereit, mich aufzufangen, zu ermutigen oder einfach mit mir zu schweigen. Doch er war nicht nur ein Mann der Liebe, sondern auch ein Genie des Alltags. Sein Talent in der Küche ist legendär. Mit einer für mich erstaunlichen Leichtigkeit zaubert er Gerichte, die nicht nur schmecken, sondern eine besondere Atmosphäre schaffen. Die Düfte, die bei solchen Gelegenheiten aus der Küche strömen, erzählen Geschichten von fernen Ländern und vertrauten Orten, von Sommerabenden und Kindheitstagen. Kochen ist für ihn keine Pflicht, sondern ein Akt der Liebe, eine Möglichkeit, den Menschen, die ihm nahestehen, etwas von seiner Seele zu schenken. Ich genoss es, mit ihm gemeinsam zu kochen. Und ich bedaure es, dass uns dazu, seit unsere Tochter auf die Welt gekommen ist und wir nicht mehr zu zweit sind, die Geduld und die Zeit fehlt.

Noah ist, wie er ist. Er zeigt sich offen und ehrlich, alles ist transparent. Es gibt keine Rollen, keine Spielchen, kein Verstecken, und ich habe noch nie erlebt, dass er sich verstellt.

Diese Klarheit ist wunderschön für mich. Noah lebt das Leben mit einem unerschütterlichen Sinn für Freude, für die Schönheit im Detail, für die Momente, die man allzu oft übersieht. Er liebt die Welt, das Leben – und vor allem die Menschen, die ihm wichtig sind. Durch diese Liebe gelingt es ihm, auch andere zu erheben, sie zu inspirieren. Er ist nicht perfekt, aber er ist nah dran, und das macht ihn umso liebenswerter.

Ich kann mir nicht vorstellen, ohne Noah zu sein, egal, was ist und wie schwer es sich manchmal anfühlt. Trotz aller Schwierigkeiten möchte ich an keinem anderen Ort sein als an seiner Seite. Ich bin genau richtig, das ist das Entscheidende. Und ich spüre: Das ist Liebe. Das ist wahre Liebe!

Vor fünf Jahren machte Noah mir in unserem Skiurlaub einen Heiratsantrag. Es war unglaublich romantisch. Wir saßen an einem klitzekleinen Hügel, wo wir ganz für uns waren. Noah ging in die Skihütte schräg gegenüber und brachte zwei Aperol Spritz für uns mit. Als wir angestoßen hatten, sagte ich: „Danke. Es ist wunderschön hier mit dir!" Noah erwiderte: „Ja, es ist so schön, dass du mich jetzt bestimmt auch heiraten würdest!" Und wir beide lachten herzlich. Daraufhin kniete Noah ganz ernsthaft vor mir nieder und fragte: „Karla, möchtest du meine Frau werden?" Ich lachte noch mehr. Er wiederholte seine Frage, zog aus seiner Skijacke ein Schmuckkästchen und öffnete es vor meinen Augen. Ich sah einen Verlobungsring darin liegen, und in mein Lachen mischten sich Tränen. Ich konnte es

kaum fassen: Er meinte das wirklich ernst! Dann antwortete ich: „Ja! Ja! Ja! Ich möchte dich heiraten!"

Wir gaben uns das offizielle Jawort sehr bald und suchten
dann nach einem Ort für unser gemeinsames Haus. Es war
schwierig, in unserer Umgebung etwas Passendes zu finden.
Die Lage war begehrt, die Preise explodierten. Nach zwei
Jahren endlich sahen wir uns eine Immobilie an, die sich
gerade im Rohbau befand, sodass noch Gestaltungsräume
für uns offen waren, und waren uns sicher: In diesem Haus
würden wir uns wohlfühlen!

Als Noah mir offenbarte, dass er gern Kinder mit mir haben würde, war ich sehr berührt. Eigentlich war er der erste
Mann, mit dem ich mir das wirklich vorstellen konnte. Zugleich hatte ich aufgrund meines Alters große Angst. Ich
zögerte sehr, es war nicht einfach, mich darauf einzulassen.
Ich ließ mich untersuchen, Noah ließ sich untersuchen, alle
Voraussetzungen, in unserem Alter ein gesundes Kind zu
empfangen, lagen offen da. Ich gab mir selbst ein Jahr, um
schwanger zu werden, danach hielt ich es von meinem Alter
her nicht mehr für vertretbar.

Wir taten alles, um unseren Kinderwunsch zu erfüllen.
Mich belasteten diese Therapien psychisch sehr, und als es
nicht klappte, machte mich das tieftraurig. So lange hatte ich mir Kinder gewünscht, und meine Lebenssituation
hatte es wieder und wieder nicht zugelassen. Jetzt hatte ich
den Mann an meiner Seite, mit dem es endlich möglich war,
und ich hatte den Zeitpunkt offensichtlich verpasst. Ich war

sehr aufgewühlt und nervlich am Ende. Irgendwann gab ich innerlich auf, ich ließ los. Dann war es eben so!

Am Ende des Jahres ging ich zu einer abschließenden Untersuchung bei meiner Gynäkologin, sie nahm mir Blut ab und rief mich kurz darauf an, es war der 30. Dezember: „Sitzen Sie?" „Nein, ich laufe durch die Stadt. Weshalb? Was ist passiert?" „Sie sind schwanger." Ich schrie vor Freude – und ich war fassungslos. War das wirklich wahr?

Ich genoss die Schwangerschaft mit unserer Tochter sehr. Ich fühlte mich gut, ich hatte keine Beeinträchtigungen oder Nebenwirkungen. Der einzige Unterschied zu meinem Leben zuvor war, dass ich keinen Kaffee trinken konnte. Mir war einfach nicht danach. Wann immer ich gefragt wurde, entschied ich mich für Tee. Medizinisch ging ich auf Nummer sicher, ich ließ alle Untersuchungen durchführen, die möglich waren. Manche mögen das für paranoid halten, für uns passte das.

Ich hatte mir immer eingebildet: Wenn irgendwann Kinder kommen, dann kommen einfach Kinder! Ich war überzeugt: Ich würde mein Leben nicht groß verändern wollen, nur weil ich Nachwuchs erwarte! Nun musste ich mir eingestehen: All das, was ich lange für unmöglich gehalten hatte, war ich im Begriff zu tun ...

Wann bekommst du endlich Kinder?

Meine Mutter war die Letzte, der ich von meiner Schwangerschaft erzählte. In meiner ersten Ehe hatte sie unruhig darauf gewartet, dass ich schwanger würde. „Wann bekommst du endlich Kinder?", hieß es alle naselang. Mein Lebensstil hatte ihr nicht gefallen, ständig hinterfragte sie mich: „Warum ist dir deine Arbeit so viel wert, das ist doch nicht so wichtig!" „Im Gegenteil, ich habe nicht studiert, um dann gleich Kinder zu bekommen", versuchte ich zu erklären, „mein Beruf bedeutet mir viel!" Ich wehrte mich gegen den Druck aus der Verwandtschaft, ich sprach aus, dass ich das nicht in Ordnung fand. „Stellt euch vor, ihr drängelt, und jemand kann keine Kinder bekommen! Wie muss sich das anfühlen? Wenn irgendein Problem da ist, das ihr gar nicht kennt, wenn vielleicht eine große innere Wunde da ist, dann tut euer Drängeln weh!"

Ihr Verhalten lag in unserer Kultur begründet: In Kroatien heiratet man, wenn man schwanger ist beziehungsweise wird schwanger, sobald man verheiratet ist. Für mich hat beides nicht unbedingt etwas miteinander zu tun. Ich hatte mich klar entschieden, erst einmal beruflich Fuß zu fassen und etwas älter zu werden, bevor ich mich auf Kinder einlassen wollte. Keiner verstand das, aber ich positionierte mich der Verwandtschaft gegenüber klar: „Ich mag mein Leben, so wie es ist. Ich arbeite, das erfüllt mich, ich bin erfolgreich, ich verreise gern, ich bin viel unterwegs. Ich möchte jetzt keine Kinder! Und ich wünsche mir, dass das akzeptiert wird."

Meine Mutter kam nicht damit zurecht, sie war sehr unglücklich darüber. Wieder und wieder führte sie ins Feld, ich hätte ihr Leben dadurch ruiniert, ich täte ihr Schande an, denn alle ihre Freundinnen seien bereits Oma. Ich war zuständig für ihr Ansehen, aber ich konnte sie im Gespräch nicht erreichen. „Mama, ich bin mit meinem Mann allein in der weiten Welt, ich muss erst einmal meine Existenz sichern! Oder würdest du wollen, dass ich ein Kind bekomme und dann nach Hause zurückkehre, weil ich das Kind nicht ernähren kann?" Ich wollte niemanden um Unterstützung bitten müssen. Mir war es sehr, sehr wichtig, finanziell unabhängig zu sein.

Nach der Scheidung von meinem ersten Mann hatte es eine Sendepause zwischen mir und meiner Mutter gegeben. Sie hatte am Telefon geschrien, und es war nach langer Zeit wieder der Ausdruck gefallen, den ich nicht vergessen kann: Ich sei eine Hure. Es war ein Wort, das absolut unpassend war und mich dennoch sehr traf. Ich hatte wieder eine ihrer Erwartungen nicht erfüllt, sie war wütend und verlor die Beherrschung. Ich wollte in jenem Sommer im Haus meiner Oma Urlaub machen, das nach ihrem Tod leer stand, aber meine Mutter weigerte sich, mir den Schlüssel zu übergeben. Mir blieb nichts übrig, als auf die Insel Korčula zu meiner Freundin Nina überzusetzen und die Ferienwochen dort zu verbringen. Meine Mutter schickte mir all ihre Anklagen nochmals schriftlich als Textnachricht: Sie habe mir ihr Leben gegeben, habe alles für mich getan – und ich enttäusche sie maßlos! Ich war verzweifelt: Wie viel sollte ich in diesem Leben noch leisten, um ihre Erwartungen zu erfüllen? Ich versuchte es doch schon so lange und so angestrengt, und nie reichte es aus. Wenn ich arbeitslos durch die Welt tingeln und womöglich unrechte Dinge tun würde, wenn ich ein komplett hoffnungsloser Fall wäre, wenn ich wirklich eine Hure wäre, wie würde es ihr damit gehen? Ich war doch immer die Beste gewesen, die Schnellste, ich hatte auch das Studium in Rekordzeit absolviert, ein Jahr weniger als alle anderen hatte ich bis zum Diplom gebraucht. Ich hatte pausenlos gearbeitet, mich nie ausgeruht, ich war immer erfolgreich gewesen. Was konnte ich tun, damit sie endlich zufrieden war?

Ja, ich erkannte an, dass sie mir das Leben geschenkt hatte. Ja, ich war dankbar dafür. Aber war ich verpflichtet, mich immer und ewig bei ihr zu bedanken? Stand ich deshalb in ihrer Schuld? Irgendwann hatte ich mich als Kind getraut, an dieser Stelle Widerworte zu geben: „Es ist deine freie Entscheidung gewesen, ein Kind zu bekommen!" Oft hatte sie in ihrer Wut mit Geschirr geschmissen, irgendwann war sogar ein Messer geflogen. Wenn meine Oma oder mein

Opa versuchten, sie zu bremsen, schrie sie: „Misch dich nicht ein! Lass mich!" Dann rannte sie jeweils aus dem Haus und setzte sich ins Auto. Ich hatte oft Angst um sie, wenn sie in einer derartigen Verfassung fuhr. Wenn sie zurückkam, handelte sie, als wenn nichts gewesen wäre.

Nach der jüngsten Eskalation war es gut, dass erst einmal Sendepause herrschte. Wir sahen uns erst wieder bei meiner Hochzeit mit Noah, die wir im ganz kleinen Kreis feierten. Nur unsere Eltern und die Trauzeugen hatten wir eingeladen. Meine Mutter kam, ihr Mann war mit seinem Fischerverein unterwegs, er konnte sie nicht begleiten. Dadurch, dass ich nicht mehr geschieden war und wild mit einem neuen Mann lebte, sondern mich wieder ordentlich verheiratete, besserte sich ihr Ruf in der Heimat. Das begrüßte sie natürlich, außerdem mochte sie Noah gern. Ich merkte aber: Es ging ihr gar nicht um mich. Und so entfernten diese Ereignisse mich immer mehr von ihr.

Meine Mutter hat mir oft gesagt: „Du kannst mit allem zu mir kommen, ich bin immer für dich da! Selbst wenn etwas Schlimmes passiert ist, kannst du es mir sagen! Bloß nichts verheimlichen, was dir schaden könnte!" Wenn ich dann mit etwas kam, hat sie es weggedrückt. Für mich fühlte sich das an wie heiß und kalt. Was sollte ich glauben? Wie konnte ich sie beim Wort nehmen, wenn sie mich so wenig ernst nahm? Es war ihr nicht möglich, sich in mich hineinzuversetzen und die Dinge aus meiner Perspektive zu betrachten. „Ich bin doch grundsätzlich vernünftig, schau mich doch an", bat ich sie so oft. „Wenn du mich immer gleich verurteilst, sobald etwas nicht in deinem Sinne ist, ist es schwer für mich, zu dir zu kommen." Immer mehr versperrte ich mich dadurch innerlich. Zugleich war ich sehr traurig darüber, ein so oberflächliches Verhältnis zu meiner Mutter zu haben.

Von meiner Schwangerschaft mit Mia erzählte ich meiner Mutter erst sehr spät, wenige Monate vor der Geburt. Sie reagierte überglücklich: „Jetzt habe ich wieder Grund zu leben!", rief sie aus. Das traf mich natürlich mitten ins Herz. Es musste bedeuten, dass ich als ihre Tochter kein Grund zu leben für sie war.

Als Mia geboren wurde, reiste meine Mutter zu uns. Ich habe mich riesig darüber gefreut und malte es mir im Vorfeld wunderschön aus. Ich träumte davon, wie meine Mutter sich sehr liebevoll um mich als frische Mama kümmern, mir wertvolle Tipps und Ratschläge geben, mich in allem unterstützen würde. Allerdings blieb das meine Vorstellung, wie so oft, und die Wirklichkeit zeigte sich ganz anders. Ich erlebte meine Mutter so in sich und ihren Vorstellungen gefangen, dass mir das Zusammensein mit ihr schwerfiel. Sie gab sich sehr emotional, sie weinte und wiederholte immer wieder: „Jetzt bin ich gerettet!"

Es war mir unangenehm, wenn sie mit dieser Vehemenz in Mias Nähe kam. Immer wieder wollte sie sich auch in unsere Entscheidungen einmischen. Ich hingegen wollte einfach nur mit der Kleinen daliegen, als ich aus dem Krankenhaus kam, und ihre zarten Gliedmaße an meinem Körper spüren. Statt uns im Hintergrund zu unterstützen, kam meine Mutter mit Belehrungen, und irgendwann gab ich ihr zu verstehen, dass ich mir wünschte, allein zu sein. Es war mir zu viel, ich konnte nicht mehr. Ich brauchte Ruhe, damit das Stillen sich einspielen konnte. Wo ich mir ausgemalt hatte, dass Freude und Glück zwischen mir und meiner Mutter sprießen würden, wie Blüten im Frühling, wurde die Luft zwischen uns extrem schwer und lud sich auf mit einer unerträglich schlechten Energie. So bat ich sie nach zwei Wochen abzureisen.

Mia, der Herzschlag unseres Glücks

Mit Arbeiten aufzuhören war nicht leicht für mich, ich war immer beruflich engagiert gewesen. Ich liebte meine Tätigkeit, sie erfüllte mich. Aber ich war mir sicher: Es war die richtige Entscheidung, eine Pause einzulegen, um unser Kind gut zur Welt bringen und in den ersten Jahren begleiten zu können.

Unsere Tochter sollte Anfang September zur Welt kommen – am selben Tag, an dem Noah Geburtstag hat. Das Nest war längst bereitet, wir lebten bereits anderthalb Jahre in unserem neuen Haus. Es war wunderschön geworden. Das Kinderzimmer einzurichten, war für mich etwas Wunderbares und erfüllte mich mit großer Zärtlichkeit. Ich konnte es kaum erwarten, unser kleines Mädchen in den Armen zu halten.

Als der Tag der Geburt gekommen war, fuhren wir in den frühen Morgenstunden in die Klinik. Die Straßen waren noch still, fast wie in Erwartung dieses großen, wundervollen Ereignisses in unserem Leben. Natürlich hatte ich unzählige Geschichten über Geburten gehört, von Freundinnen, aus Büchern. Ich dachte, ich wüsste, was auf mich zukommen würde – zumindest theoretisch. Aber tief in mir ahnte ich: Man kann sich auf eine Geburt nicht wirklich vorbereiten. Man kann sich über die Abläufe informieren, die Phasen verstehen, sich alles logisch erklären, aber die Gefühle – von denen hat man keine Ahnung! Und heute bin ich froh darüber.

Im Kreißsaal war alles so viel intensiver, als ich es mir jemals hätte vorstellen können. Noah saß an meiner Seite, seine Hand fest um die meine gelegt, ein Anker in diesen Stunden voller Ungewissheit. Die Ärzte und das Team zeigten sich warmherzig und aufmerksam, jede ihrer Bewegungen schien von Ruhe und Erfahrung geprägt. Und gerade als ich dachte, es würde nun endlich losgehen, überraschte uns der Arzt mit einem Augenzwinkern: „Bevor wir anfangen, haben wir hier noch etwas Wichtiges zu erledigen", verkündete er mit einem breiten Lächeln. Dann wandte er sich an meinen Mann: „Für das Geburtstagskind müssen wir doch singen!" Die gesamte Belegschaft stimmte „Happy Birthday" an. Ich konnte nicht anders, ich musste mitsingen. Noah lachte verlegen, und für einen kurzen Moment wurde meine Anspannung leichter. Der Arzt schloss das Ständchen ab und sagte: „Und jetzt, lieber Noah, ist es Zeit für das schönste Geburtstagsgeschenk der Welt!"

Nur wenige Minuten später hielt ich unsere kleine Mia in den Armen. Alles an diesem intensiven Augenblick war überwältigend. Die Glückstränen kamen von alleine, ich hätte sie nicht aufhalten können, selbst wenn ich gewollt hätte. Es war ein Gefühl, das keine Worte erfassen können – ein Wechselspiel aus tiefer Liebe, Erleichterung und

Ehrfurcht. Ich legte Mia auf meine Brust, spürte ihre Wärme, das federleichte Gewicht ihres kleinen Körpers. Sie schmiegte sich an mich, als wüsste sie instinktiv, dass sie genau hier hingehört. Ihre winzigen Hände klammerten sich an meiner Haut fest, so zart und doch so voller Leben. Ich betrachtete sie, jedes noch so kleine Detail. Ihre winzigen Finger, die feine Linie ihrer Lippen, die sanften Wimpern, die wie kleine Schatten auf ihren lichten Wangen wirkten. Sie war vollkommen.

In diesem Moment fühlte ich, wie die Welt größer wurde. Einerseits war da diese unendliche Liebe, die bedingungslose, allumfassende Liebe, die alles andere verblassen ließ. Andererseits spürte ich die Verantwortung, die mit ihr kam – die Gewissheit, dass Noah und ich von nun an nie wieder alleine sein würden. Ein kleines Leben hing von uns ab, von unserer Fürsorge, unserer Liebe. Diese Erkenntnis war gleichzeitig überwältigend und wunderschön. Für ein paar Minuten existierte nur unser kleines Universum. Mia, Noah und ich – vereint, als hätte es nie etwas anderes gegeben. Eine stille, intime Magie lag in der Luft, trotz der sterilen Wände des Kreißsaals. Ich blickte Noah an, und meine Liebe zu ihm schien sich noch zu vertiefen, so tief, dass Worte nicht ausreichen, um sie zu beschreiben. Und dann kam die Erkenntnis, wie eine gewaltige Welle, die über mich hereinbrach: Ich bin eine Mama! Die Worte hallten in meinem Kopf wider, und mit ihnen kam ein Glücksgefühl, das noch größer war als alles zuvor: Ab jetzt, für immer, würde ich eine Mama sein.

Dieses Glück, diese Liebe – sie erfüllten mich, den Raum und die Zukunft, die plötzlich so viel heller und strahlender vor uns lag. Mia schlief in meinen Armen ein, friedlich und geborgen, und ich wusste: Das war der Anfang von allem.

Wegen der angespannten Situation, die die Pandemie damals mit sich brachte, verlängerte ich meine Elternzeit. Babysitter zu suchen war während dieser Zeit unmöglich, und es wäre überhaupt ein befremdliches Gefühl für mich gewesen, mein Kind anderen Menschen anzuvertrauen. Ich bin jemand, der meint: Keiner kann es besser als ich! Und ehe ich jemand anderem erkläre, wie ich es haben möchte, mache ich es meist lieber selbst. Dadurch kann ich schwer Hilfe annehmen. Mein Mann arbeitete in der Pandemie-Phase von morgens bis abends in seinem Home-Office, er hatte die Tür zu seinem Arbeitszimmer geschlossen. Ich war für unsere Tochter da, ich stillte sie und sorgte für unseren Haushalt. Ich wollte alles perfekt haben, ich hatte Angst, Fehler zu machen, und irgendwann war ich sehr erschöpft.

Dass ein Kind zur Welt kommt, ist doch das Leben! Das ganz normale Leben, das Tausende von Menschen um mich herum ebenso führen. Machte ich womöglich etwas ganz Besonderes aus einer Situation, die gar nicht besonders wichtig ist? Ich hätte erwartet, auch weiterhin Zeit für mich zu haben, ich hätte gedacht, auch weiterhin morgens in Ruhe ins Bad gehen und mich fertig machen zu können. Ich hatte nicht geahnt, dass es Luxus war, einfach nur

Muße zum Duschen zu haben. Es war unglaublich – und völlig unerwartet: Ich hatte immer viel gearbeitet und hatte zugleich immer Zeit für mich gehabt. Plötzlich arbeitete ich nicht mehr – und hatte trotzdem keinerlei Raum für mich. Nicht eine Minute war ich mehr allein, Tag und Nacht, seit Mia geboren war.

Manchmal fiel mir das schwer, und bis heute frage ich mich häufig: Weshalb? Ich vermute, dass jüngere Eltern es nicht so extrem empfinden wie ich, dass sie mit vielen Dingen leichter zurechtkommen als ich. Ich war in meinem Leben auf gewisse Weise festgefahren, als unsere Tochter zur Welt kam. Ich war mindestens zehn Jahre älter als die meisten werdenden Mütter um mich herum. Ich hatte meine eigenen Gewohnheiten entwickelt, ich war lange allein gewesen, hatte machen und tun können, was ich wollte. Ich war nur für mich selbst verantwortlich gewesen und hatte meine Tage organisieren können, wie ich Lust hatte – ob ich abends essen gehen wollte, ob ich am Wochenende verreisen oder im Bett liegen wollte. Wenn in ein so „fertiges Leben" plötzlich ein Kind „hineinplatzt", ist das eine ungewohnte Herausforderung: Mein Kind ist immer da. Als sie noch im Körbchen lag, war es vergleichsweise einfach, auch wenn sie viel schrie. Ich musste sie mitnehmen, wenn ich duschen ging, ich musste viele Dinge aufgeben. Seit Mia läuft, kann ich mich kaum umdrehen, ohne dass sie hinterherkommt. Zugleich möchte ich um nichts in der Welt tauschen: Ich liebe meine Tochter über alles!

Noah arbeitet hart, er ist beruflich auf Reisen, zugleich unterstützt er mich sehr. Wenn er von der Arbeit kommt, übernimmt er Mia meist sofort. Für unsere Tochter ist er nicht nur ein Vater, sondern ein Held. Der Mann, der geduldig mit ihr auf dem Boden sitzt, um aus Bauklötzen Türme zu bauen, oder abends am Bett Geschichten erzählt, von denen sie noch lange träumen wird. Er nimmt ihre Sorgen ernst, auch wenn sie noch so klein ist, und feiert ihre Erfolge, als wären sie das Größte auf der Welt.

Beim Ins-Bett-Gehen bin ich diejenige, die über ihrem Bettchen hängt, bis sie schläft. Manchmal zwei, drei Stunden. Nachts bin ich halbwach, immer in Sorge, ob sie gut zugedeckt ist oder womöglich friert. Lange Zeit wollte ich partout nicht, dass sie die Nacht in unserem Bett verbrachte, dass ich sie daran gewöhnen würde, es klappte doch schon ganz gut in ihrem eigenen Zimmer. Ich legte sie konsequent um sieben in ihr Bettchen, irgendwann schlief sie tatsächlich dort ein, auch wenn es manchmal elf Uhr abends wurde, erwachte dann aber nachts und weinte. Nie kam sie allein zu uns herübergelaufen, auch als sie größer wurde, immer rief sie nach mir. Dann holte ich sie, und es dauerte lange, bis sie einschlief. Das war anstrengend für uns alle, und irgendwann dachte ich: Warum tue ich mir das an? So bekommt keiner von uns Schlaf – weder mein Mann noch Mia noch ich. Es ergab sich, dass Mia krank wurde und hohes Fieber bekam, ich war in Sorge, sie allein in ihrem Bettchen zu lassen, ich wollte sie beobachten können. Und von da an blieb sie in unserem Bett. Seit einem Jahr schläft sie nun bei uns, sie schläft sofort ein, sie schläft durch. Nur ich kann noch nicht wieder so tief durchschlafen wie früher. Mutter zu sein ist ein Vierundzwanzigstundenjob – und für mich der schönste Job der Welt.

Abends versuche ich, den Tag mit meiner Tochter gemeinsam Revue passieren zu lassen. Wenn wir das Licht ausschalten, liegen wir da, sie sagt: „Mama, erzähl, wie unser Tag war." Ich beginne am frühen Morgen … Ich spreche davon, wie wir gefrühstückt haben und dann in den Kindergarten gefahren sind, ich benenne auch Situationen, in denen sie geweint hat, wo etwas für sie nicht gut war; ich möchte wissen, wie es bei ihr angekommen ist. Auch, um ihr erklären zu können, was sie vielleicht in dem Moment nicht sehen konnte. Warum durfte sie eine Sache nicht? Sie soll verstehen können, weshalb ich so gehandelt habe, wie ich handelte. Gerade wenn es sie verletzt, dass ich ihr etwas verbiete. Ich finde es wichtig, sowohl die positiven als auch die schmerzhaften Dinge zu besprechen. Ich möchte, dass sie lernt zu reflektieren, damit sie dann den Tag – und auch das, was vielleicht unstimmig war – gehen lassen kann und frei für den nächsten Tag ist.

Ich wünsche es mir anders mit meiner Tochter, als ich es selbst früher erfahren habe. Latent lebe ich immer in der Angst, irgendwelche Fehler zu machen. Ich möchte Mia auf keinen Fall Schaden zufügen, weder körperlich noch psychisch. Sie soll auf keinen Fall Ängste entwickeln, und womöglich ist das zu viel des Guten. Sicher mache ich Fehler. Jeden Abend, wenn ich schlafen gehe, hinterfrage ich mich – und ich frage mich, ob meine Mutter das je auf diese Weise getan hat. Erinnern kann ich mich daran nicht. Als wir das letzte Mal in Kroatien waren, gab es eine Situation mit meiner Tochter, in der meine Mutter zu mir sagte: „Du musst sanft und liebevoll mit ihr sein!" Ich schaute sie an und konnte mir nicht verkneifen zu sagen: „Es wäre gut gewesen, wenn du das damals so mit mir gemacht hättest." Damit hatte ich natürlich einen Knopf gedrückt: „Aha", sie wurde laut, „ich habe dir also geschadet, ich war eine schreckliche Mutter für dich." „Mama, du hast mich geschlagen, und du hast mich ständig angeschrien. Das sind Tatsachen. So sanft, wie du mir jetzt sagst, dass ich zu Mia sein soll, warst du mit mir nicht." „Also habe ich dich psychisch vergewaltigt, meinst du das?" Sie hatte die Augen voller Tränen, schnappte ihre Tasche und ging. Als sie zurückkam, war wieder ein Tuch über alles gebreitet. Es war nicht möglich, in Ruhe darüber zu sprechen. Leider. Ich nehme an, ihr Schuldgefühl ist so groß, dass sie es vor sich selbst verbergen muss. Vieles, was meine Mutter heute sagt, wirkt auf mich wie das Gegenteil von dem, was sie damals getan und hochgehalten hat. Manchmal sogar wortwörtlich. Ich möchte ihr keine Schuld geben, aber ich wünschte, ich könnte etwas tun, damit sie sich öffnen und ich endlich mit ihr über all diese Erlebnisse sprechen kann.

In Leichtigkeit

Mia im Kindergarten einzugewöhnen war eine emotionale Herausforderung für mich. Zuerst wusste ich gar nicht, wie ich damit umgehen sollte, plötzlich „frei" zu haben. Am ersten Tag waren es nur fünfzehn Minuten, ich hätte gedacht, das würde ihr schwerfallen. Durch die Ausnahmesituation während der Pandemie hatte sie in ihren ersten knapp zwei Lebensjahren eigentlich keine Menschen gesehen, geschweige denn andere Kinder. Wir hatten sie vor allem bewahren wollen und möglichst gut behütet, sie war nur mit mir und ihrem Papa zusammen gewesen. Abgesehen davon hatten wir keine Freunde mit kleinen Kindern in unserer näheren Umgebung, unser Bekanntenkreis war in der ganzen Welt verstreut. Menschen aus der Nachbarschaft unseres neuen Hauses hatten wir bislang nicht kennengelernt, weil wir beide bis zu Mias Geburt von morgens bis spät gearbeitet hatten.

Es war für mich also ein Wunder, dass ich Mia im Kindergarten bei „fremden" Menschen abgegeben hatte und sie tatsächlich dort blieb. Sie strahlte, als ich sie abholte. Das wiederum war sehr beruhigend für mich. Es zeigte sich: Von dem Augenblick an, wo sie erstmals andere Kinder traf, war sie regelrecht verrückt nach ihnen. Für mich hingegen wurde es immer schwerer: Je mehr sich ihre Zeiten im Kindergarten verlängerten, desto verlorener fühlte ich mich. Ich lief zuhause von einem Zimmer zum anderen, ich schaute ständig auf die Uhr, ich wurde fast wahnsinnig. Ich hätte Sport machen können, Yoga oder Pilates, wie früher, aber ich war wie gelähmt und konnte überhaupt nichts tun. Es kam mir völlig verrückt vor, wie sehr ich mich als Mama nach ein bisschen Freiheit gesehnt hatte – und dann mit meiner Zeit nichts anfangen konnte.

Nach einem halben Jahr hatte sich alles eingespielt, und ich begann so langsam, mich an „meine Zeiten" zu gewöhnen und auch wieder zu unterrichten. Zu Beginn forderte es mich enorm, von Neuem anzuknüpfen. Ich hatte das Gefühl, nie in meinem Leben Schüler gehabt zu haben. Mich wieder in die tägliche Unterrichtsroutine einzuarbeiten war sehr stressig für mich, ich war extrem nervös, hatte Sorge, alles falsch zu machen und dachte: Wie habe ich früher agiert, wenn die Theorieklasse vor mir stand? Was soll ich mit denen machen? Zum Glück ging es dann in der Praxis schnell, und ich war wieder ganz im Thema drin. Und dennoch war irgendetwas anders. Anders, weil ich weiterhin von meinem Perfektionismus getrieben war und feststellte, dass beruflicher Perfektionismus als Mutter noch anstrengender war als ohne Kinder. Ich erwischte mich immer öfter dabei, meine extrem hohen Erwartungen zu hinterfragen. Sollte ich mein Wertungssystem mir selbst gegenüber eventuell überdenken?

Bisher war ich in meinem Berufsleben immer selbstständig oder als Honorarkraft tätig gewesen; ich hatte immer frei über meine Zeit verfügen können, niemand hatte über mich bestimmt. Jetzt war da dieses kleine Wesen, meine Tochter, und alles richtete sich nach ihr. Oft frage ich mich, ob ich etwas aus meinem früheren Leben vermisse. Die schier grenzenlose Freiheit, Spontaneität und Flexibilität? Und die Antwort ist jedes Mal: „Nein, ich vermisse nichts davon!" Das Leben entwickelt sich weiter, ich darf darin wachsen. Ich stelle es mir vor wie die vielen bunten Farben eines Regenbogens. Jede Nuance ist einzigartig. Nahtlos verschmelzen sie ineinander und leuchten jede in einem besonderen Licht. In meinem Leben habe ich schon viele Höhen und Tiefen durchlebt, viele Neuanfänge gewagt – und all das hat mich an genau den Punkt gebracht, an dem ich jetzt stehe. All das hat mich zu der Person geformt, die ich jetzt bin. Dafür empfinde ich eine tiefe Dankbarkeit.

Mein Leben als Mama erfüllt mich komplett, auch wenn ich oft sehr erschöpft bin. Das können wahrscheinlich alle Mamas nur bestätigen. Dass Mia in den Kindergarten geht, finde ich wichtig, aber es fällt mir nach wie vor schwer, sie allzu lange dort zu lassen. Ich denke: Die Zeit vergeht so schnell, ihre Kindheit wird bald schon vorüber sein! Ich möchte sie bei mir haben! Ich möchte sie wachsen sehen, sie begleiten und alle ihre Entdeckungen miterleben!

Manchmal sitze ich am Abend da und denke: Ich kann nicht mehr – aber ich muss! Oft überredet Noah mich dazu, dass wir uns beide einen netten Abend machen, egal, ob die Küche aufgeräumt ist. „Das können wir ausnahmsweise mal morgen machen", lacht er dann, weil er weiß, dass ich mich nur dann entspannen kann, wenn alles ordentlich ist. Dafür liebe ich ihn! Er macht aus einem ganz normalen Tag etwas Besonderes. Er macht mein ganzes Leben besonders! Noah steht mir in allem zur Seite, was mich betrifft. Und er unterstützt mich in unserem Familienleben bis hin zum Haushalt, als wäre es genauso seine Verantwortung wie meine. Doch tief in mir, geprägt von meiner Kultur und den Werten, mit denen ich aufgewachsen bin, sitzt die Überzeugung, dass Hausarbeit eigentlich Frauensache ist. Es fällt mir schwer, mich einfach aufs Sofa zu setzen und ein Buch zu lesen, wenn um mich herum nicht alles makellos ist. Ich bin damit groß geworden, dass Perfektion der Standard ist. Bei meinen Großeltern sah es in den Schränken aus wie in einer eleganten Boutique: jedes Kleidungsstück sorgfältig gebügelt, akkurat zusammengelegt oder penibel auf dem Kleiderbügel ausgerichtet. Auf dem Esstisch lag stets eine Tischdecke, und alles war bis ins kleinste Detail durchdacht. Es herrschte eine Atmosphäre von Harmonie und Vollständigkeit, die mich geprägt hat. Wenn meine Freundinnen zu Besuch kamen, schauten sie sich um und fragten ungläubig: „Erwartet ihr Gäste? Es sieht so festlich aus!" Doch für mich war das ganz selbstverständlich. Meine Oma und später auch meine Mutter schufen dieses Zuhause mit unermüdlicher

Hingabe. Mein Opa hingegen widmete sich der Arbeit draußen, kümmerte sich um den Garten und die Weinberge. Dieses Rollenbild ist in meiner Welt tief verankert. Meine Oma legte erst dann eine Pause ein, wenn wirklich alles an seinem Platz war – wobei es solche Momente selten gab. Diese Einstellung, dieses Streben nach ästhetischer Perfektion, sitzt bis heute in mir und beeinflusst, wie ich mein Zuhause sehe und wie ich mich in ihm fühle: Wahre Entspannung finde ich erst dann, wenn ich mich umsehen kann und alles um mich herum meinen hochgesteckten Erwartungen entspricht. Es ist, als würde mir die äußere Ordnung einen stillen Frieden schenken. Doch sobald mein Blick auf einen Störfaktor fällt – einen herumliegenden Gegenstand, einen schiefen Teppich, eine halbvolle Tasse –, ist es mit der Ruhe vorbei.

Als ich noch alleine lebte, war es einfacher, Harmonie und Ordnung auf den Punkt zu bringen. Morgens verließ ich eine perfekt aufgeräumte Wohnung, und abends kehrte ich in genau diese Ordnung zurück. Es war ein Zustand, der sich unverändert durch den Tag zog, weil niemand außer mir da war, der ihn hätte aufrühren können. Das gab mir ein tiefes Gefühl der Kontrolle und Sicherheit: ein Raum, der immer so blieb, wie ich ihn hinterlassen hatte. Jetzt sind wir zu dritt, und natürlich verhält es sich anders. Das Leben hinterlässt Spuren, wenn es geteilt wird. Drei Menschen erzeugen mehr Bewegung, mehr Dynamik als einer. Und das ist gut so.

Es ist, als ob ich lernen dürfte, diese Spuren als Teil einer neuen Art von Schönheit zu sehen – lebendig, echt und erfüllt von der Wärme des Zusammenseins. Die Balance zwischen der äußeren Ordnung, die ich so sehr brauche, und der Gelassenheit, diese Lebendigkeit zuzulassen, ist eine Herausforderung, die mich wachsen lässt.

EPILOG

Mit einer fast überwältigenden Klarheit höre ich, wie meine innere Stimme sanft, aber bestimmt zu mir spricht: „Es ist alles richtig, genau so, wie es jetzt ist." Diese Worte tragen eine warme Zuversicht in sich, die sich wie eine zweite Haut um mich legt. Jede Unsicherheit, jeder Zweifel wird still und klein. Ich begreife, was es bedeutet, wirklich loszulassen – alles, was war, was hätte sein können, was noch kommen mag. Ich kann dem Leben zustimmen, genau so, wie es sich entfaltet. Ich kann das Leben in seiner ganzen Unvollkommenheit annehmen und mich damit einverstanden erklären.

Und ich ahne, dass ich an etwas Tiefes, mir sehr Vertrautes anknüpfe: Im Krieg hatten wir einfach gelebt – im Hier und Jetzt, ohne Gewissheit über den nächsten Atemzug, die nächste Stunde. Jeder Moment war kostbar, jeder Augenblick ein Geschenk, das wir mit aller Intensität auskosteten, als könnte danach alles vorüber sein. Später, in der trügerischen Sicherheit des Friedens, hatte ich oft schmerzlich empfunden, wie schwer es mir fiel, diese Unmittelbarkeit zu bewahren. Der Alltag war durchzogen vom Wälzen endloser Gedanken, von Plänen, Zweifeln, Pflichten – ein feines Netz aus Unsichtbarem, das mich festhielt, mir die Luft nahm. Alles schien kompliziert, als läge ein Schleier zwischen mir und dem wahren Leben, als würde ich es sehen, aber nicht wirklich berühren können.

Jetzt, im Loslassen und Annehmen, breitet sich in mir ein Gefühl aus, das ich nie zuvor gekannt hatte: Leichtigkeit. Es ist, als hätte ich eine Last abgeworfen, die mich all die Jahre begleitet hat, die ich so lange in mir getragen habe.

Und irgendwie hält damit der schüchterne Gedanke Einzug, dass sich dadurch auch der Knoten zwischen meiner Mutter und mir lösen wird – behutsam, wie wenn ein verzwirbeltes Band mit sanften Händen entwirrt wird und sich schließlich wie von selbst sortiert.

Die neue Leichtigkeit ist kein flüchtiger Moment, sie fühlt sich wie ein leises, aber mächtiges Versprechen an. Wie ein neuer, noch ganz feiner roter Faden, der sich in die Muster meines Lebens webt: klar, hell und voller Zuversicht.

Ich werde diesem Faden folgen, Schritt für Schritt, ohne Eile, getragen von dem Wissen, dass alles seinen Platz hat – und dass ich meinen Platz gefunden habe.

Ich bin angekommen. Ich bin zuhause. In mir.

ANHANG

Aus meinem Tagebuch – im Krieg

8. Mai 1992, Hotel Plakir 359

Leider konnte das für heute Abend geplante Konzert nicht stattfinden, da die Tschetniks dies verhinderten. Um 15:25 Uhr begann ein heftiger Artillerieangriff auf unsere Stützpunkte in Nuncijata, und überall in Gruz fielen Granaten. Doch anfangs schenkte ich dem wenig Beachtung, da ich mich immer noch auf das Konzert um 17:00 Uhr und die Generalprobe um 16:30 Uhr konzentrierte. Gerade als ich die Türklinke des Hotelzimmers ergriff, ertönte plötzlich das alarmierende Heulen der Gefahrenwarnsirene. Für etwa zehn Minuten war ich völlig verwirrt. Wir begaben uns nicht in den Schutzraum, sondern verblieben im Zimmer, wo wir uns dem Schicksal und Gottes Willen anvertrauten. Mehrmals hallten gewaltige Detonationen durch die Luft, bis schließlich um 17:08 Uhr der Sirenenton ertönte, der das Ende der Gefahr signalisierte. Doch in meinem Inneren war alles durcheinander, und meine Vorfreude auf den Auftritt war vollständig zerstört. Ein Konzert war an diesem Abend einfach nicht mehr möglich.

… Wenn die Angst dich packt, schau hinaus – bleib nicht stehen. Doch ich kann nichts dagegen tun, weder ich noch jemand wie ich. Und jene, die etwas tun könnten, werden nichts unternehmen.

Jetzt liege ich im Bett und schreibe diese schwarzen Buchsta-
ben. Es ist zehn Uhr abends. Ausgangssperre. Nacht. Dunkel-
heit. Stille. Chaos. Draußen huschen nur ein paar Passanten
vorbei, eilig auf dem Weg zurück zu ihrem „Zuhause". In der
Ferne bellt ein Hund – wahrscheinlich einer der Wachhunde am
Bunker oben auf dem Parkplatz. Bei jedem Schritt der Wachen
hallen die Geräusche nach. Der Wind weht leere Dosen durch
die Straßen. Das ist die Nacht dieses 20. Jahrhunderts. Es ist
die Nacht meiner Generation. Die Nacht meines Lebens und
meines verlorenen Glücks. Nicht einmal in meinen schlimmsten
Träumen hätte ich mir so etwas ausgemalt. **Krieg!** *Unfassbar!*
Krieg war für mich immer etwas Fremdes, fern von meiner gött-
lichen Oase, von meinem Konavle, von Gruda und Bačevo Do.
Ich kann nicht begreifen, wie viel Ruß, Asche und Schwärze
sich über diesen „Himmel auf Erden" gelegt haben – über diese
Schönheit, diesen Reichtum. Dieses Bild sprengt meine Vorstel-
lungskraft. Verbrannte Autos am Straßenrand. Blutflecken eines
unschuldigen Menschen, der sein Leben, seine Arbeit, seinen
Schweiß verteidigt hat. Schwarze Skelette einst strahlend wei-
ßer Häuser, die nun schief und leer, wie eine klaffende Wunde in
den Himmel ragen. Sie strahlen nichts als Kälte und Untergang
aus – ohne Leben, ohne Seele, ohne Hoffnung.

Und darüber hinaus sehe ich eine Gestalt, denn das ist kein
Mensch. Eine Kreatur, die durch diese entstellte Landschaft
streift. Mit zynischem Blick betrachtet sie all diese Schrecken –
und lacht. Denn das ist ihr Werk.

25. Mai 1992, Montag, Hotel Plakir 359

*Heute fiel der Unterricht an allen Schulen aus, was mich über-
haupt nicht glücklich macht. Ich möchte dieses Jahr noch mehr
erreichen, aber wir kommen einfach nicht voran – alles scheint
so furchtbar chaotisch zu sein! Mein Tag verläuft bisher trostlos
und eintönig. Am Vormittag begleitete ich meine Mutter zum
Arzt. Sie hat kürzlich ein Gehalt von 6.000 (Dinar) erhalten,
doch bereits 2.000 davon ausgegeben – wofür eigentlich? Hier
ein bisschen, da ein bisschen, und schon ist es weg!*

*Ein kleiner Lichtblick: Nach langer Zeit habe ich heute wieder
echten Joghurt getrunken. Doch die Frage bleibt: Wann werde
ich das nächste Mal die Gelegenheit dazu haben? Zum Mittagessen waren wir im Hotel, danach wollte ich zur Post gehen, um
Marina in Split anzurufen. Doch meine Mutter und Großmutter rieten mir davon ab.*

*Sobald ich das Kindergeld erhalte, werde ich zur Post gehen und
wenigstens fünf Minuten mit zwei bis drei Anrufen verbringen.
Zum Glück sind Telefonate nicht allzu teuer – 50 Dinar für
10–15 Minuten Gespräch. Ein Brief und ein paar Minuten am
Telefon sind derzeit meine einzige Möglichkeit, den Kontakt zu
Freunden aufrechtzuerhalten – und das auch noch mit Bedacht.*

Mittlerweile ist dies der vierte Tag ohne Wasser und Strom. Sollte es so weitergehen – was leider sehr wahrscheinlich ist –, werden Seuchen wie Pest, Cholera und andere Infektionskrankheiten ausbrechen. Lieber Gott, hab Erbarmen! Ich merke, wie meine Nerven immer mehr strapaziert werden.

Ich werde schnell wütend, und es sind oft die sinnlosen und dummen Dinge, die meine Nerven am meisten strapazieren. Dieser Zustand macht mich völlig fertig. Es fühlt sich an, als würden wir nur dastehen und auf das Jüngste Gericht warten. Niemand wird sich freiwillig zurückziehen – es wird weiter Krieg geben, und zwar einen echten. Der 6. Dezember 1991 war nichts im Vergleich zu dem, was uns bevorstehen könnte. Diese Aussicht erfüllt mich mit Angst. Am liebsten würde ich einfach weglaufen, aber wohin? Ich habe keine Antwort darauf.

Auch das Hotel macht mich fertig – diese trostlosen Flure, die unangenehme Atmosphäre und die Menschen, die oft so un-höflich und auch hinterhältig sind. Von meinen Bekannten ist niemand hier, und ich verbringe die Tage allein in diesem öden Zimmer. Immer wieder die gleiche Umgebung, dieselben Dinge, nichts verändert sich. Alles ist eintönig und drückt aufs Gemüt.

Ich kann es kaum erwarten, bis die Schule endlich vorbei ist und ich mit einer Bestnote 5 bestehe – in allem! Danach habe ich meine Leute um mich herum, meine Freunde: Niko, Ana, Vlaho, Marina, Katarina, Marija, Viki, Dominik, Jure ... Ich freue mich darauf, schwimmen zu gehen, wenn es möglich ist, und ein bisschen Abwechslung in mein Umfeld und die Menschen um mich herum zu bringen. Wenn dieses Leben so weitergeht wie bisher, werde ich früher oder später garantiert einen Nervenzusammenbruch bekommen. Jetzt gehe ich mit meiner Oma und meiner Mutter zum Hotel „Minčeta", um ein wenig frische Luft zu schnappen – obwohl ich ja auch dort keine Freude habe!

29. Mai 1992, Freitag, Hotel Plakir 359

Die Tage der Zerstörung von Dubrovnik
(wie am 6. Dezember 1991)

Es ist genau 10:15 Uhr. Heute Morgen gibt es keine Schule –
für uns eine echte Qual!

Ich liege im Bett, höre Dominiks Tonband und schreibe in mein
Tagebuch. Und es macht mir tatsächlich Spaß, und ich fühle
mich gut! Gerade läuft „Love Hurts", eine der besseren Heavy-
Metal-Balladen. Mama ist unterwegs, um Besorgungen zu
erledigen, Oma irgendwo anders, und ich bin hier.

Zum Glück gab es gestern nach langer Zeit wieder Wasser und
Strom, und vielleicht haben wir heute ebenfalls dieses Glück?!
Während ich so daliege, ziehen Bilder aus der Zeit vor dem
Krieg durch meinen Kopf. Oh Gott, wie schön und sicher war
damals alles. Wird es jemals wieder so sein? Nein, ich kann mir
nicht vorstellen, ein anderes Leben zu führen als dieses unbe-
schwerte, gefüllt mit Liebe und Glück.

So hätte mein Leben aussehen sollen – vielleicht sogar noch
besser. Doch schau nur, in welche Lage ich geraten bin: ein

schlichtes Hotelzimmer ohne irgendetwas von dem, was mir wichtig war. Keine persönlichen Dinge, kein Klavier, keine Kassetten oder Schallplatten, keine Musikanlage, kein Fernseher, kein Videorekorder, und all die Videokassetten, die ich gesammelt hatte, sind ebenfalls verloren.

Am meisten jedoch vermisse ich meine Freunde – jene, die mich in Gruda umgaben, ob in der Wohnung oder in unserem Haus. Es war eine wunderbare Zeit, großartig und voller Leben! Besonders der letzte Sommer 1991 wird mir immer im Gedächtnis bleiben. Er war für uns alle etwas Besonderes. Trotz der drohenden Gefahr des Krieges haben wir gelebt, als gäbe es kein Morgen. Inmitten all des Elends und des vorsichtigen Lebens kämpften wir dagegen an und versuchten, so normal und unbeschwert wie möglich zu leben. Jeden Tag fuhren wir nach Molunat, ans Meer – wenn nicht mit dem Auto, dann eben mit dem Bus. Die ganze Clique war dort: Marija, Katarina, Viki, Antonija, Nikša, Vlaho, Marina, Jure, Marko. Wir verbrachten die Tage mit Schwimmen unterhalb der kleinen Kirche. Kein Ort und kein Meer der Welt könnten diesen Platz für mich je ersetzen.

Abends gingen wir ins Sommerkino unter freiem Himmel, obwohl die Angst vor Schüssen uns stets begleitete. Doch das Leben musste weitergehen, und wir lebten aus purem Trotz …

Pünktlich um 12:14 Uhr ertönte die allgemeine Gefahrensirene, die vor einem feindlichen Angriff aus dem noch besetzten östlichen Teil der Gemeinde Dubrovnik warnte. Es ist jetzt 13:10 Uhr, und ich höre erschütternde Nachrichten. Überall in der Stadt hallen heftige Explosionen, und der Feind hat bereits die Altstadt erreicht. Eine tiefe Angst ergreift mich! Mama rief aus dem Kaufhaus Srđ an, dass sie dort Zuflucht gefunden habe und bleiben werde, bis die Gefahr vorüber ist. Gerade habe ich einen Bericht im Radio von Joško Jelavić aus Dubrovnik gehört: Der Feind, der vom Flughafen Čilipi aus angreift, setzt alles ein, um die Stadt zu zerstören. Raketen treffen die Altstadt, und in allen Teilen Dubrovniks schlagen Bomben ein.

Über die Opfer und das Ausmaß des Schadens ist noch nichts bekannt, doch angesichts der Gewalt des Angriffs ist es klar, dass die Folgen verheerend sein müssen. Ich befinde mich immer noch mit meinem Opa im Zimmer. Oma ist in der Küche beschäftigt, also ist sie im Untergeschoss, während wir hier oben sind. Doch sollte der Beschuss noch intensiver werden, werden wir sofort hinuntergehen und werden auch dann unverzüglich fliehen. Lieber Gott, hilf mir jetzt! Gib ihnen die Schrecken zurück, die sie uns zugefügt haben und immer noch zufügen. Sie sind nichts als Barbaren und Bastarde – sie sind etwas, das sich mit Worten nicht fassen lässt, etwas vom Schrecklichsten und Niederträchtigsten, das diese Welt je gesehen hat.

Ich bin von Panik ergriffen! Mein Herz schlägt unregelmäßig, meine Hand zittert, während ich diese Zeilen schreibe. Eine furchtbare Angst packt mich, oh Gott, hilf mir! Ich habe solche

Sorgen um Mama. Wer weiß, ob sie einen sicheren Ort gefunden hat, und wer kann sagen, wann all das endlich ein Ende hat? Ich sehne mich nur nach einer ruhigen Nacht, ohne Gefahr, nur danach, dass Mama bei mir ist. Die Zerstörung um uns herum erinnert mich so sehr an den Nikolaustag 1991. Werde ich das alles überstehen? Werde ich nach all diesem Wahnsinn, der mich umgibt, noch normal bleiben? Sein oder Nichtsein – das ist die Frage. Aber ich wähle es, zu SEIN, denn Sadako[4] (Anmerkung: So nannte ich mich, weil Sadakos Schicksal mich sehr berührte) WILL LEBEN! Wird dieser Angriff der letzte sein? Werden die Besatzer dadurch aus Kroatien vertrieben? Wird dies endlich eine Lösung bringen?

Es war inzwischen drei Uhr nachmittags. Die Gefahr war nach wie vor präsent, und der Feind zeigte keine Anzeichen von Erschöpfung. Die Schüsse hallten weiterhin durch die Luft, und rund um das Hotel prasselten Granaten nieder. Ich beobachtete, wie die Einschläge in der Nähe der Klippen das Meer durchbrachen. Ein Grauen, das sich nicht in Worte fassen lässt – ein Gefühl, als wäre das hier Hiroshima. Gemeinsam mit meinen Großeltern und einer anderen Frau fanden wir Zuflucht im Treppenhaus im Untergeschoss, wo wir uns eng aneinanderdrängten und in stiller Erwartung unseres Schicksals harrten – eines Schicksals, das in finsterer Dunkelheit lag. Punkt 17:22 Uhr gingen Oma, Opa und ich ins Zimmer, um etwas zu

---

4   Sadako ist die Hauptfigur des Romans „Sadako will leben". Im Alter von vier Jahren erlebt sie den Abwurf der Atombombe auf Hiroshima mit. Sadako will leben; Karl Bruckner; Verlag Jugend & Volk; Wien 1961

essen und zu trinken. Der Hunger nagte an mir, mein Magen schmerzte, und die Anspannung war kaum auszuhalten.

Ich war bleich wie Papier, und es war die Angst, die mich so entstellte. Auch Angst um Mama. Zwar weiß ich, dass sie geschützt ist, doch gleichzeitig erkenne ich, wie sich die Stadt mit jeder Sekunde mehr zerstörte. Es ist jetzt 18:45 Uhr, und für den Moment hat die Zerstörung aufgehört – möge es so bleiben. Oh Gott, dieser Tag zieht sich quälend in die Länge. Immer wieder die gleichen Ereignisse: Detonationen, Raketen zählen, auf die Uhr blicken. Kein anderer Tag hat bisher so viel Platz in diesem Tagebuch eingenommen. Wer weiß, was die restlichen Tage noch für mich bereithalten?

30. Mai 1992, Samstag, Hotel Plakir 359

Die Tage der Zerstörung von Dubrovnik

Die allgemeine Gefahr bleibt nach wie vor bestehen. Heute feiern wir den zweiten Geburtstag der Republik Kroatien, doch wir tun dies in kalten Schutzräumen. Dubrovnik wird nach wie vor mit aller Macht von der JNA[5] angegriffen, aus allen Richtungen und mit sämtlichen verfügbaren Waffen. Den gesamten Tag verbrachten wir in unserem Zimmer, ohne die drohende Gefahr zu beachten. Marija M. und ihre Tochter Anela hatten die Nacht bei uns verbracht. Am Nachmittag bereitete ich Pfannkuchen zu, während die Musik des Krieges, das Dröhnen der Waffen, uns umgab. Ich saß wie ein Türke auf dem Boden und habe die Pfannkuchen gebacken, auf einer ausgebauten Heizspirale eines Backofens.

Die Nacht war alles andere als friedlich gewesen, doch ich hatte inmitten des Chaos meinen eigenen ruhigen Schlaf gefunden. Ich hoffe, dass der morgige Tag besser wird.

---

5   Die Jugoslawische Volksarmee (JNA)

31. Mai 1992, Sonntag, Hotel Plakir 359

Die Tage der Zerstörung von Dubrovnik

Während ich dies schreibe, zeigt die Uhr 11:50. Draußen hallen laute Detonationen wider. Die allgemeine Bedrohung und Gefahr bleiben bestehen, und das Radio meldet, dass die Menschen in Dubrovnik mittlerweile den dritten Tag in Notunterkünften verbringen. In allen Teilen der Stadt, auch im historischen Zentrum, schlagen Granaten ein. Dubrovnik erleidet erneut gewaltige, sinnlose Zerstörungen!

Doch unser eigenes Volk trägt gleichzeitig zur Zerstörung von Trebinje[6] bei, und deshalb fühle ich mich entschlossen, mutig und zugleich zufrieden. Ihr größtes Ziel wäre es, die Stadt[7] dem Erdboden gleichzumachen, und wenn sie es wirklich darauf anlegen, könnten sie dies auch tun. Mögen auch unsre Feinde den Staub des feuchten Bunkers schmecken, die Kälte der unterirdischen Flure spüren und das Pfeifen der Raketen hören.

Ich sitze alleine im Raum, höre Musik und lasse meine Gedanken um die Gegenwart, die Vergangenheit und die Zukunft

6 Trebinje ist eine Stadt im Südosten von Bosnien und Herzegowina in
   der Nähe der Grenze zu Montenegro und Kroatien.
7 Damit ist Dubrovnik gemeint.

kreisen. Die Wäsche von gestern trocknet auf der Leine, während Granaten und Haubitzen in der Ferne und auch in der Nähe zischen. Das Ende der Gefahr wurde noch nicht verkündet, und wer weiß, wann es kommen wird. Doch für mich ist der schlimmste Umstand, dass es keine Postämter gibt, um Briefe zu verschicken ...

9. Juni 1992, Montag, Hotel Plakir 359

Die Tage der Zerstörung von Dubrovnik

… ich würde die Briefe gerne abholen, aber es ist zu gefährlich, zu viel zu laufen, daher muss ich wohl darauf verzichten. Stattdessen werde ich allen einen Brief schreiben und sie darum bitten, mir künftig an die Adresse des Hotels zu schreiben.

Es ist 22:30 Uhr, und bei der flackernden Kerze halte ich die Erinnerung an diesen Tag fest. Der Nachmittag im Hotel „Minčeta" war ereignislos und unbefriedigend. Jeden Tag das Gleiche – langweilig! Ich habe Briefe geschrieben und plane, sie morgen abzuschicken, sofern alles einigermaßen in Ordnung sein wird. Mein Plan für morgen: Ich werde bis 11:30 Uhr am Klavier üben und danach zur Post gehen, um die Briefe einzuwerfen. Der Nachmittag ist noch offen – wahrscheinlich werde ich im Zimmer bleiben. Ich schreibe oder zeichne, das ist meist der Ort, an dem ich mich aufhalte. Aufgrund der Situation bin ich gezwungen, im Zimmer zu bleiben. Heute wurde Dubrovnik wieder heftig angegriffen.

Die Detonationen hallten lange und kraftvoll, immer wieder unterbrochen von einer kurzen Ruhephase, bis das Schießen

erneut einsetzte. Die Gefahr ist noch lange nicht vorbei. Wir
sind gefangen in diesem ständigen Zustand der Bedrohung,
leben unter der Sirene in einem Gefängnis, dem wir uns unter-
werfen müssen – gefangen bis zum Ende des Krieges. Erst wenn
unser Volk Debeli Brijeg – Prevlaka – Ponta Oštra erreicht hat,
wird es Frieden und ein Leben geben. Es ist nun bereits der elfte
Tag ohne Strom, ohne Wasser und in einer ständigen Gefähr-
dungslage. Im Radio kündigen sie sogar an, dass es möglicher-
weise neue Luftgefahren geben wird und wir uns in Gefahren-
situationen strikt an die Regeln halten müssen.

Ich fühle mich wie in einem Gefängnis. Es geht uns allen so,
das weiß ich. Für Oma oder Mama mag es einfacher sein als
für mich. Sie können noch zu jemandem ins Zimmer gehen,
um Kaffee zu trinken oder ein Gespräch zu führen, aber ich
habe niemanden hier. Ich bin hier allein, umgeben von älte-
ren Menschen, ohne Gesellschaft, ohne Ablenkung. Die Jahre
1991 und 1992 werde ich als die Jahre der längsten Haftstrafe
in Erinnerung behalten, die ich je erlebt habe – und das aus
welchem Grund und für wen? Wer hat mein Leben, mein Glück,
meine Liebe zerstört? Wer? Analphabeten und Bastarde, die die
Menschheitsgeschichte längst vergessen hat. Ich spreche nicht
gern über dieses Thema, doch egal, worüber ich rede, es läuft
immer wieder darauf hinaus. Es ist mittlerweile der Dreh- und
Angelpunkt jeder Geschichte, jedes unglücklichen Lebens, das
wir führen.

Ich habe einen viel zu hohen Preis dafür bezahlt, und ich kann nicht einmal sagen, warum. Warum ist es immer der Ehrliche, der sein Glück nicht geraubt, sondern sich wirklich verdient hat – der, der am Ende immer den größten Preis zahlt? Noch drei Monate bis zu meinem 16. Geburtstag. Lieber Gott, lass mich diesen Tag nicht hier verbringen! Es mag seltsam klingen, aber ich fürchte, genau hier werde ich ihn erleben. Schrecklich! Manchmal gerate ich in einen Zustand, in dem ich vor lauter Frust lauthals schreien könnte.

Ich bin unglaublich nervös und ungeduldig geworden. Alles scheint mich zu stören, und ich weiß nicht, was ich mit mir anfangen soll. Doch dann halte ich inne und versuche mich zu beruhigen: „Nein, es kommt darauf an, gesund und gefasst zu bleiben, die Nerven zu wahren – der Rest wird kommen, wenn die Zeit reif ist." Aber wer weiß, ob ich bis dahin überhaupt noch da sein werde?

Eine Kerze ist erloschen, und die andere hat gerade erst begonnen zu brennen. Ich bin so müde von meinen Gedanken, von allem, dieses Leben zehrt an mir. So erschöpft und gebrochen habe ich mich noch nie gefühlt wie in diesen Tagen.

Es gibt keine Schule, ich muss nirgends hin, und körperlich fühle ich mich nicht erschöpft. Doch diese Müdigkeit hat mich dennoch überwältigt – sowohl in meinem Körper als auch in meinem Geist. Was ich jetzt brauche, ist Ruhe, Frieden und

Stille. Doch diese Dinge scheinen heute sehr kostbar zu sein, Dinge, die „Mama mir nicht kaufen oder schenken kann".

Mein liebes Tagebuch, ich vertraue dir mein Leben an, das im Moment voller Schwierigkeiten und Schmerz ist. Vielleicht ist es gerade zu viel, darum möchte ich dich nicht länger mit dieser dunklen Tinte belasten. Morgen ist schließlich ein neuer Tag!

Aus meinem Tagebuch – meine Mutter

2. Juni 1992, Dienstag, Hotel Plakir 359

... Nach einem langen Tag, an dem Mama unermüdlich gebügelt und den Schrank aufgeräumt hatte, herrschte eine eigenartige Stimmung im „Haus" (Anmerkung: während des Krieges im Hotelzimmer). Auch Oma war, wie immer, mit irgendetwas beschäftigt – mal strickte sie, mal legte sie sich hin, aber nichts davon schien wirklich von Bedeutung oder Dringlichkeit zu sein. Als ich nach dem Klavierunterricht „nach Hause" kam, spürte ich sofort die Anspannung in der Luft. Es war, als ob die Atmosphäre förmlich vibrieren würde vor Nervosität. Mama war offensichtlich gestresst und strahlte eine unerträgliche Laune aus. Doch der Grund dafür blieb mir ein Rätsel. Diese Spannung in meiner Nähe zu spüren, machte mich unruhig und ließ auch mich innerlich angespannt sein. Ich habe das Gefühl, dass ich solche Situationen nur schwer ertrage.

Kurz darauf bat Mama mich, ihr einen Saft zu bereiten – mit der Anweisung, kaltes Wasser zu verwenden. Ich schnappte mir ein Glas und ging ins Badezimmer, wobei ich im Scherz sagte: „Na ja, kein heißes, ist doch klar!" Es war nicht böse gemeint, sondern sollte die offensichtliche Absurdität der Situation auflockern, schließlich war es selbstverständlich, dass ich ihr keinen heißen Saft zubereiten würde. Doch meine Worte stießen bei Mama auf Widerstand. Sie wurde wütend, obwohl ich versuchte, mich zu erklären. Ich sagte ihr, dass ich es keinesfalls böse gemeint hatte, dass ich doch weiß, wie man Saft macht, und dass sie mich oft daran erinnere, kaltes Wasser zu nehmen. Ich entschuldigte mich unzählige Male – doch es half nichts.

Ihre Reaktion traf mich unerwartet: Sie nannte mich einen Idioten und meinte, wenn mich etwas an ihr störe, solle ich es direkt sagen, statt zu „grunzen". Ich war perplex und verstand nicht, wie sie überhaupt auf die Idee kam, mir so etwas zu unterstellen. Noch weniger konnte ich begreifen, warum sie mich fragte, ob ich etwas an ihr vermissen würde. Diese Frage trifft mich jedes Mal, wenn sie sie stellt – und sie stellt sie oft, wenn sie verärgert und böse auf mich ist. Ich fühle mich dann niedergeschlagen, wertlos, wie ein nutzloser Mensch.

Was mich am meisten belastet, ist diese unnötige Nervosität und das laute Geschrei. Es zieht mich in einen Strudel aus innerem Chaos, und obwohl ich mich bemühe, ruhig zu bleiben, spüre ich, wie ich innerlich koche. Ich kämpfe darum, meine Fassung zu bewahren, aber es fällt mir schwer, in solch einer aufgeladenen Stimmung ruhig und entspannt zu bleiben.

prestala u 18 sati i 15 minuta.
I više hvala bogu nije bilo ništa
tako strašno!

25.05.1992; ponedjel
Hotel „Plavir" (3

Danas nije bilo nastave u onim škola
To me nimalo ne veseli. Željela
bi završiti više ovu godinu jer i
ovako kasnimo a još sve ovo,
grozno! Samo mi je sada prakti
glupo i dosadno. Jutros sam cijel
jutro išla s mamom po doktorin
Dobila je pošec od 6 tisuća a ve
je 2 potrošila - a u što - u ništ
Malo ovo, malo ono i odi!
Danas sam nakon dugo, dugo
mjeseci popila pravi jogurt. Kad
ću opet - now is a question!? Došle

236

samo u hotel na moru i poslije sam planirala poć na poštu grada Marina Botanica u Split ali mama i tata su me od toga odvratile. Kad primo dječji doplatak poć ću na poštu i po pet minuta, ni manje ni više, odvojit ću za 2-3 poziva. Barem to nije skupo (50 din.) ako pričaš 15 minuta (10). Pismo i par telefonskih minuta su još jedino što je ostalo za komuniciranje sa frendovima i to, također racionalno!

Ovo je već 4. dan bez vode i bez struje. Ako se ovo još nastavi, što najsigurnije hoće zavladat će kuga i kolera - i sve ostale

zarazne bolesti. Bože, smiluj se!
Polako počinjem sve više i više biti
nervozna. Jako brzo i lako se živciram
a to su sve uzaludne bezvezne i glupe
stvari od kojih najviše živci stradaju.
Dodijalo mi je ovakvo stanje.
Samo stojimo i čekamo sudnji
dan. Oni se neće povlačiti mirnim
putem. Bit će još rata, i to pravo
26. prosinca, 1991. g. bio je užas, što
će sve još bit! Ja se tako toga
bojim. Bježala bi negdje a gdje pojma
nemam! Na živce mi djeluje ovaj hotel
ovi odvratni hodnici i sav narod
pokuno bezobrazni. Nitko od mog
društva nema. Samo bi tičem u ovoj
dosadnoj foli. Uvijek isti okoliš me
okružuje, iste stvari, sve monotono

jednostavno. Jedva čekam da završi škola,
da prođem n5 i da sve položim
n5 pa da dođe Nikša, Anuška, Vlaho,
Marina, Katarina, Marija, Vizi, Darko,
Jure... I da idemo na kupanje,
ako se bude moglo i da mijenjam
okruženje i ljude oko sebe. Ako se
ovakav način življenja održi duže
vrijeme oboljet ću na živce 100%.
Sada idem s babom i mamom u
„Minčetu" na trak mada mi je
i njih dosta preko glave !!!

DAN RAZARANJA
DUBROVNIKA ⟹ (kao) 06.12.1991.

29.05.1992; petak
Hotel „Plakir" (559)

Sada je točno 10 sati i 15 minuta.
Ni jutros nema škole — gore po vas!
Sada ležim u krevetu, slušam Donkovu
kasetu, pišem dnevnik — uživam! Upravo
se vrti jedna od boljih METAL - BALADA,
koliko čujem zove se „Love HEAKD."
Mama je pošla za obavezama, baba
je trđa negdje a ja sam tu.
   Hvala Bogu pa je jučer došla voda i
struja valjda je i danas ima!?
Dok ovdje ležim kroz glavu mi prolaze
slike prošlog, ne ratnog, ~~vremena~~
vremena. Bože, bilo je tako lijepo i
sigurno. A, hoće li opet biti tako?
Ne, ne mogu vjerovati da ću živjeti
drugačije od onog bezbrižnog života,
punog ljubavi i sreće. Moj
život baš je onako trebao izgledati,

čak i bolje. A pogledaj samo na što i spao. Na hotelsku sobu i to bez ičega moga. Bez mojih stvari, klavira, kazeta, ploča, TV-a, linije, videa i onih traka koje sam imala. A što mi nedostaje od svega je moje društvo, koje me okruživalo na Grudi (u stanu) i u babinoj kući. Bilo mi je super, predivno! Ovo, tj. mjesto ljeto 1991.g bilo je posebno od svega! Mada nam je prijetio rat, mi smo živjeli usprkos tome. Borili smo se protiv toga i uz sav jad i oprezan život pokušavali smo živjeti koliko-toliko normalno i bezbrižno koliko je to moglo biti. Svaki dan išli smo u Molunat, ako ne autom i autobusom. Društvo je bilo: Manja M., Katarina. B, Viki, Antonija. R., Nikša V, Vlaho. B, Marina B, Jure, Marko. Ć. Kupali smo se ispod crkvice. Onako mjesto i more nitko mi ne može dati ni zamijeniti. Uvečer bi išli u kino, mada uz mali strah od pucnjave. Ali život teče dalje, moralo se živjeti za inat."

Točno u 12 sati i 14 minuta oglasila je opća opasnost zbog napada neprijatelja na istočnog još okupiranog dijela dubrovačke općine. Ovo pišem sada u 13 sati i 10 minuta. Slušam vijesti i to grozne. Gradom odjekuju razne detonacije. Neprijatelj tuče po starom gradu. Bojim se užasno! Mama je zvala iz robne kuće sestru da će se tamo skloniti i ostati do prestanka opasnosti. Upravo sam čula izvješće iz Dubrovnika od Jozta Jekarica Neprijatelj sa aerodroma Čilipi tuče Dubrovnik iz svih vrsta oružja. Razaraju se stari grad, a projektili padaju po širem dijelovima grada. O žrtvama se ne zna, ni o šteti, ali po žestini napada očito je da će biti strahovite. Ja sam još uvijek u sobi na dedovu. Baba je danas dežurna u kuhinji pa je došla, a mi smo ovdje ali ako počne još žešće silazimo dolje i to odmah!!! Bože, pomozi im sada! Bože, vrati i njima ove strahote koje su nama nanijeli i još uvijek nam ih nanose. Oni su barbari, fukare, barabe, oni su nešto što se ljudima ne može

opisati; u svakom slučaje nešto
najgore i najniže na svijetu. Hvata
me panika od svega ovoga! Srce mi
nenormalno kuca, muka mi se trese.
Obuzima me strah; o Bože, pomozi
mi!!! Bojim se za mamu. Tko zna
imaju li pravo sklonište, i tko zna
kad će sve ovo završit. Samo da
noć bude mirna i bez opasnosti. Samo
da mama bude sa mnom. Razaranje je
potpuno isto kao na dan sv. Nikole
06. 12. 1991. g. Hoću li preživjeti ovo ....???
Hoću li ostati normalna nakon svega
ovoga ludila koje me okružuje??
Biti ili ne biti pitanje je sad??
Ali ja bi radije odabrala BITI; jer
SADALO (MONIKA) HOĆE ŽIVJETI!! Da li
je ovaj napad posljednji? Da li je

ovo tjeranje okupatora izvan granica Hrvatske? Hoće li se ovim konačno nešto riješiti ???

Sada su 3 sata poslijepodne. Opasnost još uvijek traje, i neprijatelj još uvijek ne miruje. Puca se strašno. Granate padaju svuda okolo hotela. Gledala sam kako granate padaju u more, kod liridina. Strava i užas. Hirošima! Sa babom, dedom (i još neka žena) smjestili smo se u prizemlje u skale. Bili smo se tu i čekamo sudbinu - crnu sudbinu. Točno u 17 sati i 22 minute baba, dedo i ja došli smo u sobu, da se najedemo i napijemo. Od gladi mi se mantralo, bolio me stomak i ožičica - od nervoz

Bila sam blijeda kao papir, a sve od
straha. Bojim se za mamu. Znam da je
sklonjena ali također znam i da je
udarci razara. Ali evo sada je 19
sati za 15 minuta i razaranje je
momentalno prestalo, a daj Bože
da tako i ostane. Bože, ovaj dan mi
tako sporo prolazi. Uvijek isti događaji,
detonacije, brojenje minuta, gledanje
na sat. Ovaj dan zauzeo je najviše
mjesta u ovoj bilježnici, za sada.
Tko zna kakvi će biti ostali dani?

DAN RAZARANJA   30.05.1992; subota
DBK   Hotel „Plakir" (359)
Uzbuna još uvijek traje. Danas se
slavi drugi rođendan republici Hrvatskoj
a mi slavimo u Vladinu skloništu

247

Dubrovnik se napada iz svih oružja i sa položaja JNA. Danas smo stali u sobi bez obzira na opasnosti. Sa nama je spavala Marija Kostalović i njena kćer Anela. Pravila sam palačinke cijelo popodne uz muziku žežernih opačih stvari. Na podu sam sjedala kao prečica i prigala. Noć nije bila mirna ali ipak ja sam mirno zaspala. Sutra očekujem bolji dan......!!'??))'??????

DAN RAZARANJA   31. 05. 1992; nedjelja
DBK   Hotel „Plakir" (50)

Dok ovo pišem sat pokazuje podne za 10 min. Vani se čuju snažne detonacije. Uzbuna još traje. Na radiju javljaju: „Dubrovčani su već treći dan u skloništima! Granate padaju po svim

248

djelovima grada, čak i po Staroj
jezgri. Dubrovnik trpi još jedno sra-
zno i bezrazložno razaranje!" ...
Ali i vaši razaraju Trebinje i zato
sam odlučna i hrabra, a i sretna.
Sa hoće im ga sravnit sa zemljom
bila bi najsretnija. Neka i oni malo
probaju ovih tučine i tinne u skloništima, i slušanje fijukanja razno-
raznih projektila.
Sama sam u sobi, slušam muziku i
o svemu razmišljam. I o sadašnjosti,
i o prošlosti, a i o budućnosti. Jučer
zrnava roba tuši se na tušilu.
okolo zviždi granate, haubice i još puno
toga. Prestanak uzbune još nije oglašen,
i tko zna i kad će. Meni je najgore
to što ne rade pošte za pisma i

što ću od sebe. Išla bi po pićima,
ali opasno je i previše hodanja
pješice, pa me strah. Sada ću
napisati svima pisma da mi
ubuduće pišu na adresu hotela.
22 sata i 30 minuta. Pri
svijeći bilježim protok ovoga
dana. Poslijepodne provedeno u
„Minoči" - bez veze. Svaki dan
isti - dosadan! Napisala sam
pisma i sutra ih kanim poslat ako sve bude o.k!
Ujutro opet planiram poć
na klavir - do 11.30 a
onda na poštu da ubacim
pisma. Poslijepodne mi je
neisplanirano - ali vjerojatno
sam u sobi. Ili pišem ili

rišem - uglavnom bit ću tu.
S obzirom na stanje - vezana
sam za sobu! Danas je
opet napadnut Dubrovnik.
Odjekivale su snažne detonacije
i to dugo. Kasnije se malo
smirilo ali opet je počalo.
Opasnost neće prestat za
dugo, dugo vremena. živjet
ćemo pod opasnostima i
u ovom zatvoru na koji smo
prisiljeni popustiti i ostati
u zatočeništvu do kraja rata!
Sve dok naši ne dođu do
Debelog Brijega - Prevlake -
Ponte oštre neće biti mira,
ni života! Ovo je već 11. dan,
bez struje, bez vode - i pod

251

općan opasnosti. Na radiju čak javljaju da bi mogla biti oglašena i zračna i da se strogo pridržavamo pravila i postupaka pod opasnostima. Osjećam se kao u zatvoru. Svima nam je isto, jer to znam samo lakše je babi ili mami nego meni. One mogu poć u nekoga na kavu ili pričati s kim a ja nemam baš nikoga. Sama tamo među starcima, bez svoga društva, bez neke razonode. Godine 1991. i 1992. pamtit ću kao godine najdužeg zatvora i osuđenstva; a zbog čega, i zbog koga. Tko je meni uništio moj život, moju sreću moju ljubav, tko ?? Nepismene fukare i barbari kakve ne pamti povijest ljudskog čovječanstva. Ne volim pričati o ovoj temi, ali o čemu god da počnem sve se svodi na ovo. A ustvari to je sada fokus i gro svake priče i ovakvoga, nesretnoga života. Platit ćam preveliku cijenu svemu ovome, a ni sama ne znam zašto. Zašto uvijek onaj pošteni, onaj koji je jučer bio sretan i to sretan na pošten način (koji sreću nije ukrao nego je pošteno zaradio), zašto taj uvijek plaća najskuplje ???? Još 3 mjeseca do mog 16.

rođendana. Bože, ne dozvoli da ga slavim ovdje! Hm, blesavo je govoriti, ali najvjerojatnije doživjet ću ga ovdje. Grozno! Nekada dođem u takvo stanje da bi vrištala i vrištala iz svega glasa. Postala sam jako, jako nervozna i nestrpljiva. Sve mi smeta - i srce mi smeta, ne znam što bi od sebe. Ali onda stanem i recim sebi: "Ne, važno je zdravlje i pribranost, živci - ostalo sve će doć kad bude vrijeme. Ali dok to vrijeme dođe ... tko zna hoću li i postojat?!

Jedna svijeća je dogorjela, a druga je počela svoj život.

Umorna sam od misli ; umorna sam od svega ; ovakav život me jako umara. Nikad se nisam osjećala umornije ni slomljenije nego ovih dana. Škole nema, ne idem nikud , ne umaram se fizički - ali taj umor me svladava i obvaja cijelu - i fizički i psihički. Treba mi odmora , mira i tišine. Sada su to neke skupe stvari za koje mama nema para da mi kupi - a zadugo neće primit toliku plaću kojom bi mogla to kupit i darovat mi ! Dragi moj dnevniče, tebi ispovijedam svoj život koji je jako težak i mučan. Možda je

ipak previše; stoga te ne želim
više bosti ovom crnom tintom
jer i sutra je novi dan!

09. 06. 1992; utorak
Hotel „Plavi" (358)

Osvanuo je sunčan ali ipak prohla...
dan dan! Neki hladni vjetar pu-
šeta pa treba obuć duže gać?
Ustala sam u 9 za 15 i od 9
do 11^{30} svirala sam klavir.
Tada sam pošla poslat pisma na
pošt. Mama mi je kupila 20
pisama da pišem kome pišem,
jer sam sve zadnje zalihe
potrošila. Brzo će i to poć ali,
treba racionalno - a ja kad
pišem onda pišem - ništa u

dosadujem - a i tako smo dosta izgubili. Mama je utijavala cijeli dan i sredivala ormar a baba je radila nešto tamo - amo, čas plete, čas liže i eto u svemu ništa važno ni potrebno. Došla sam "doma" poslije klavu... Osjetila sam nervozu. Mama je nešto bila nervozna, a zašto ne znam. Grozno se osjećam kad je bilo tko kod mene nervozan i napet. Mama mi je rekla da joj učinim tok, ali da pustim hladnu vodu. Pošla sam u WC sa čašom i rekla: "A reću vruću vodu." S time nisam ništa mislila loše niti sam "gunđala". Mama se na to naljutila a ja sam joj pokušala objasnit i reć da nisam ništa

258

tinie mislila nego da znam kako
voli oca i da mi stalno govori
da joj točim vladu. Izvinjavala
sam joj se ali nije pomoglo. Rekla
mi je da sam idiot i ako mi
nešto ne odgovara s njom da joj
rećem a ne da gunđam. Nije mi
jasno kako može to pomislit, a
ne to me pitat. što bi mi to
s njom falilo?! Pojma nemam
zašto me to pita i zašto to
misli. Samo kada mi to reče,
(reče mi to kada se na mene
naljuti zbog nečega), jako se
osjećam utučeno i jadno. A najviše
me nervira bespotrebna nervoza i
žirci. Onda i ja postajem nervozna
U sebi vrim i mučim se da osta-

Danksagung

Ein Buch zu schreiben ist eine Reise – eine Reise voller Höhen und Tiefen, voller Zweifel und Euphorie. Im Gegensatz zu den vielen Reisen meines Lebens, die ich allein unternommen habe, durfte ich mit diesem Buch eine neue Dimension des Miteinanderreisens erfahren. Und so ist mein Herz erfüllt von tiefer Dankbarkeit für all die Menschen, die mich auf diesem Weg begleitet haben.

An erster Stelle möchte ich meinem Ehemann, meinem Fels in der Brandung, einen riesigen Dank aussprechen: Du hast mir stets den Rücken freigehalten, mich aufgefangen, wenn die Worte nicht fließen wollten, und mich bestärkt, wenn die Zweifel lauter wurden als meine eigene Stimme. Ohne Dich wäre dieses Buch nicht das, was es heute ist – vielleicht wäre es gar nicht erst entstanden. Danke, dass Du immer an meiner Seite bist. Ich liebe Dich. Und zugleich fühlen sich diese Worte jedes Mal, wenn ich sie ausspreche oder niederschreibe, zu klein an, so, als könnten sie niemals erfassen, wie unendlich tief meine Liebe zu Dir ist. Mit jedem Tag, den ich mit Dir teile, wächst meine Dankbarkeit, Dich an meiner Seite zu haben.

Meine zweite Danksagung geht an Silke, meine wunderbare Lektorin: Von der ersten Seite an hast Du an diese Geschichte geglaubt, vielleicht manchmal sogar mehr als ich selbst. Ich erinnere mich noch gut an den Beginn unserer Zusammenarbeit, als ich Dir erzählte, dass ich ein Buch schreiben möchte, aber noch skeptisch war. Ich fragte mich, ob meine Geschichte überhaupt „besonders genug" sei, es gäbe doch bereits so viele Bücher. Daraufhin sagtest Du zu mir: „Ja, es gibt unzählige Geschichten, und eigentlich wurde alles schon einmal erzählt – aber nicht von Dir. Deine Geschichte ist einzigartig, weil sie Deine ist. Genau diese Geschichte wurde noch nicht geschrieben." Mit Herz, Geduld und Deinem unglaublichen Gespür hast Du meiner eigenen Geschichte Leben eingehaucht, sie geformt und verfeinert, bis sie genau das zu erzählen vermochte, was mir so sehr am Herzen lag. Die monatelange gemeinsame Arbeit war ein Geschenk, und ich bin sehr dankbar, Dich an meiner Seite gehabt zu haben.

Meiner Familie danke ich von Herzen. Ihr seid meine Wurzeln und meine Flügel zugleich – ohne euch hätte ich nicht gelernt zu träumen, aber auch nicht, fest im Leben zu stehen. Ihr habt mir gezeigt, was es bedeutet, bedingungslos geliebt zu werden, und mir den Mut gegeben, meinen eigenen Weg zu gehen.

Ich danke meinen engsten Freunden, und ich nenne keine Namen, weil ich weiß, dass Ihr Euch in diesen Zeilen wiederfindet: Ihr kennt mich in all meinen Facetten, liebt mich mit all meinen Ecken und Kanten und steht mir zur Seite, wenn meine Welt sich mal wieder zu schnell dreht. Ihr bringt mich zum Lachen, wenn mir nach Weinen zumute ist, und fangt mich auf, wenn ich Halt brauche. Danke für Eure Freundschaft – sie bedeutet mir mehr, als Worte es ausdrücken können.

Und schließlich danke ich allen lieben Menschen, die meinen Weg gekreuzt und mein Leben bereichert haben. Jeder einzelne von Euch hat mich geprägt, mich inspiriert und mich zu der Frau gemacht, die ich heute bin.

Doch mein tiefster und innigster Dank gehört meiner Tochter: Dein Lachen ist wie eine Melodie, die meinen Herzschlag bestimmt, meine Seele tanzen lässt; ein Klang, der mein Leben in ein strahlendes Leuchten taucht. Aus jedem Augenblick mit Dir wird pure Magie. Dein Dasein verwandelt meine Welt in eine Symphonie aus Liebe, in der jeder Moment kostbar und einzigartig ist, und macht mich von Sekunde zu Sekunde zu einem besseren Menschen. Durch Dich sehe ich die Welt mit staunenden Augen, als offenbarte sich mir alles zum ersten Mal – voller Wunder, voller Möglichkeiten. Du führst mich auf Wege, die ich ohne Dich nie entdeckt hätte. Durch Dich ist mein Wunsch, dieses

Buch zu schreiben, noch stärker geworden. Du lehrst mich, das Leben nicht nur zu leben, sondern es mit jeder Faser meines Seins zu spüren und in seinen unendlichen Farben wahrzunehmen. Ich freue mich auf jeden einzelnen Schritt, den wir noch gemeinsam gehen werden – Hand in Hand, Herz an Herz.

Danke, mein Engel, dass Du mich zur Mama gemacht hast.

Aus tiefstem Herzen: Danke.